日本知名藝術斜槓人
中村邦夫——著
蘇暐婷——譯

寫出你的村上春樹FU

用47個村上式造梗技巧，找出自己的寫作風格

村上春樹にならう「おいしい文章」のための47のルール

目次

CHAPTER 01

解讀33種春樹風寫作技巧

名字有什麼關係呢？
玫瑰就算不叫玫瑰，還是一樣香。

CHAPTER 02

村上春樹的文學造詣

或者，

關於用砂糖子彈貫穿讀者心靈的十四種方法

前言

用「啊好嗯咦哦」五字訣
就能寫出村上文體？

「語言是液體，那文章或許就是飲料吧。」

像這樣寫，是不是就很有春樹味呢？

原因⑴　如格言般強而有力。

原因⑵　比喻精準。

原因⑶　講話迂迴。

答案是以上皆對。藉由一點一滴吸收村上春樹的文風菁華，並融入自己的作品中，就能讓文章充滿魅力。

我向村上學了許多寫作技巧，像是簡潔如音樂般充滿節奏感的文字。如果你能將他那些帶有翻譯文體文學一樣迂迴曲折的小說、散文當成「文章教科書」來閱讀的話，就會感受到十倍樂趣。

村上曾提到自己高中時代其實英文很差，是在讀遍心愛作家的作品之後才得以培養英文能力。這份努力不止讓村上的寫作實力突飛猛進，也讓他吸收了許多文學知識，建立起一套自己創作小說時的技巧。

本書就是要教大家藉由「挑一名喜愛的作家，遍讀其作品後，進而模仿」的新式寫作技巧。

例如，村上作品常會使用連接詞「或者」。

這一詞在《村上春樹雜文集》中的隨筆〈所謂自己是什麼？（或美味的炸牡蠣吃法）〉以及短篇小說〈飛機——或者他怎麼像在念詩般自言自語呢〉等作品標題中都出現過，是非常具有村上風格的連接詞。

「某天早上醒來時，我發現自己作了奇妙的夢。或者，我仍然在作夢。」

光是這樣寫就有股春樹味，很神奇吧？只要稍微揶揄一下自己說過的話，再加以否定就行了。

重點是掌握「主題」，而不是死背「規則」。

以下是春樹式的「啊好嗯咦哦（あいうえお）五段式故事架構」口訣。

啊！（あっ！）——先用標題令讀者大吃一驚。

好！（いい！）——開始寫作，抓住讀者的心。

嗯！（うん！）——道出一般人的心情，使讀者共鳴。

咦！（え！！）——曲折離奇的情節，讓讀者再吃一驚。

哦！（お！！）——最後留下餘韻，挑撥讀者的想像力。

只要掌握這「啊好嗯咦哦」的寫作口訣，你的文章肯定也會煥然一新。

所有創作都是從模仿開始，不妨挑個好日子，試著寫寫看村上風文體吧。

中村邦夫

CHAPTER
01

解讀33種春樹風寫作技巧

名字有什麼關係呢？
玫瑰就算不叫玫瑰，還是一樣香。

01

加上謎樣的長標題

村上春樹的許多作品都有長長的標題。

一般而言，標題命名的原則不外乎「力求簡單明瞭」。

但村上下標題的思維卻截然相反。

例如其代表作《世界末日與冷酷異境》的書名，就致敬了路易斯・卡洛爾（Lewis Carroll）的《愛麗絲夢遊仙境》，並以美國歌手史琪特・戴維絲（Skeeter Davis）的名曲〈世界末日〉（*The End of the World*）為故事樣板，光是短短一行字，就融合了豐富的資訊。

這種命名方式能讓關鍵字互

相激盪，引發化學效應。電影《水手服與機關槍》、《家鴨與野鴨的投幣式置物櫃》、《裸體午餐》也是運用相同的道理。

《世界末日與冷酷異境》是村上根據他在雜誌《文學界》發表的中篇小說《街，與不確定的牆》所擴寫而來。寫成長篇以後，還特地拉長書名，可見這個書名是下過功夫的。

由於書名太長，當初新潮社出版時還一度想改成《世界末日》，推出英文版時，外方也曾詢問是否能縮短成《冷酷異境》，不過就結果來看，長標題顯然大受青睞，而這部作品也成了備受全球書迷喜愛的村上代表作。

此外，僅僅一週便熱賣超過一百萬冊的超級暢銷作《沒有色彩的多崎作和他的巡禮之年》也採用長書名。而光是這一行，便濃縮了故事中的所有重要元素。

這部作品出版時，也在書迷之間引發熱烈討論，因為「書名像極了輕小說」。

其實，《沒有色彩的多崎作和他的巡禮之年》正好囊括了所有大紅大紫的要素。

這是一種**典型的命名手法，暗示了「主角姓名」與「故事情節」**。《騎鵝歷險記》、《長襪皮皮》、《JOJO的奇妙冒險》等暢銷作也都是以這種形式命名。

另外，喬安娜·史畢利（Johanna Spyri）的《阿爾卑斯山的少女海蒂》，以及在全球擁有眾多書迷的保羅·科爾賀（Paulo Coelho）筆下的《牧羊少年奇幻之旅》、《朝聖》等書名，也都與《沒有色彩的多崎作和他的巡禮之年》給人的印象相仿。

將這些百萬暢銷名著的菁華濃縮起來，隨心所欲地改編，就是「春上式題名」的基本結構。

回顧過往歷史，甚至找得到更長的書名。

丹尼爾·笛福（Daniel Defoe）的《魯濱遜漂流記》原書名為《關於一名叫做魯賓遜·克魯索，誕生於約克鎮，並且因為船難而獨活在一個美洲海岸邊、接近奧

里諾科河河口的小島長達二十八年的水手的陌生又奇妙的冒險故事》，但因為太長了很難記住，最後大多省略為《魯賓遜・克魯索》或《魯濱遜漂流記》。

02

大量融入關鍵字到題名中

村上的許多短篇小說也都擁有神祕的長題名。

例如未收錄於全集的夢幻作品〈關於BMW窗戶玻璃形狀之純粹意義上消耗的考察〉就很長。

裡頭塞了許多令人莫名在意的強烈關鍵字，如「BMW」、「窗戶玻璃」、「消耗」、「考察」等等，僅僅一行內容就能激發讀者的想像力。

故事描述「我」在某天借了三萬日圓給一個家境富裕卻向我要錢的朋友，八年後聯絡到他，要求還錢，但這位戴著勞力士金錶、駕駛BMW的朋友卻一毛都不肯吐出來。像這樣透過名車「BMW」營造有錢人印象的技巧，在村上的作品裡屢見不鮮。

稍微離題一下，短篇小說《萊辛頓的幽靈》中的老宅玄關前，就停了一輛藍色BMW休旅車；《國境之南、太陽之西》中，男主角阿始乘坐的車也是BMW。一把重要關鍵字「BMW」放進去，日本泡沫經濟時代紙醉金迷的氛圍也就呼之欲出了。

此外，還有更神奇的標題。

那就是〈羅馬帝國的瓦解、一八八一年群起反抗的印第安人、希特勒入侵波蘭以及強風世界〉。

這是村上早期的短篇小說，收錄於用天馬行空的筆法來記錄日常生活的散文集《麵包店再襲擊》。

文中描述星期日下午颳起大風，當時女友打電話來，時間是兩點三十六分，「真是糟糕，我又嘆了一口氣，然後又回去繼續寫日記」故事重點就只有這樣而已。

標題的關鍵字「羅馬帝國」很可能代表男主角獨處的時光，「群起反抗的印地安人」則是女友的電話，「希特勒入侵波蘭」則暗喻女友進入他的房間。

如此將隱含特殊意義的字眼放入標題，便能讓讀者在閱畢後體會到解謎的樂趣。

另外，《遇見一〇〇%的女孩》中有一則短篇小說〈南灣行——杜比兄弟「南灣行」的BGM〉，這是向美國作家雷蒙・錢德勒（Raymond Chandler）致敬的作品。

主角是一名私家偵探，故事背景南加州的「南灣」借鏡了錢德勒小說中的城鎮「灣市」。標題及副標的「南灣行」則引用自杜比兄弟（Doobie Brothers）的曲名。

透過標題來指定配樂，也是一種將故事氣氛、時代情懷有效傳達給讀者的方法之一。

03

一連串的文字遊戲

一連串的文字遊戲也是村上寫作的一大特徵。

《村上收音機2：大蕪菁、難挑的酪梨》是村上春樹與插畫家大橋步聯手創作的輕鬆日常散文《村上收音機》的續集。

書名令人眼前一亮，裡頭收錄了與「大蕪菁」有關的俄國、日本民間怪談之間的差異，以及判斷酪梨熟度有多困難等散文。

像這樣以「蕪菁」、「酪梨」等名詞為書名收尾，不僅能讓字句產生節奏感，還能強調文末的名詞。而再三用名詞結尾，還能營造出演奏音樂、唱饒舌歌般的效果。

許多商業書及實用書的書名都很長，有些還會運用「文字遊戲」將內容濃縮進去。想必這是資訊大爆炸時代下，讓讀者對書中內容一目瞭然的技巧之一吧。

舉例來說，《叫賣竹竿的小販為什麼不會倒：你一定用得到的金錢知識》《如果，高校棒球女子經理讀了彼得·杜拉克》、《後段班辣妹應屆考上慶應大學的故事》等也都以長書名著稱，目的都是為了「說明內容」。

題名長的電影也愈來愈多，比方說《明天，我要和昨天的妳約會》、《向上綻放的煙花，該從下面看？還是從側面看？》等。

這股風潮也在電視劇界日益增加，例如《我要準時下班》、《腐女無意間跟GAY告白》……。這代表在網路時代，一眼就能看出內容有其必要性。

04

加入明確的「年份」

年份是一項反應時代精神的便利指標。

一九六八年由史丹利・庫柏力克（Stanley Kubrick）執導的科幻電影《二〇〇一太空漫遊》，片名的年份就恰到好處傳達了一股近未來感。

《一九七三年的彈珠玩具》寫的是主角尋找夢幻彈珠台「太空船」的故事。

最有名的情節是某個星期天，獨居的「我」睡醒時發現身邊躺著一對雙胞胎姊妹。

在東京與雙胞胎姊妹同居的「我」，與家鄉神戶的朋友「老鼠」聊起彼此的生活。雙胞胎姊妹沒有名字，而是以「208」、「209」數字為代稱，是非常有趣的表現手法。

聽說這本書名是受到了大江健三郎的長篇小說《萬延元年的足球隊》所影響，究竟一九七三年發生了哪些事情呢？

一九七三年正是村上與同學陽子結婚後，住進在東京都文京區經營寢具店的太太娘家，過著白天到唱片行打工、晚上去咖啡店兼職，籌措開店資金的時期。當時年僅二十多歲的村上，對越戰一定留下了很深刻的印象吧。

「一九七三年」與「彈珠玩具」的搭配堪稱絕妙。

因為這勾起了人們的懷舊鄉愁。彈珠玩具在一九六〇年代至七〇年代曾經風靡一時，但於一九八〇年代電玩問世後便乏人問津。說穿了，「一九七三年的彈珠台」就跟「二〇〇〇年的超級任天堂」、「二〇一〇年的CD隨身聽」有異曲同工之妙。

若想緬懷退燒的時代潮流，具體年份就是一種非常便利的標誌。

《遇見一〇〇%的女孩》中有一則短篇小說〈一九六三／一九八二年的伊帕內瑪姑娘〉，這是以巴薩諾瓦名曲〈伊帕內瑪姑娘〉為靈感，偏散文性質的作品。

故事非常短，描述「一九八二年的伊帕內瑪姑娘」與「一九六三年的伊帕內瑪姑娘」眺望著同一面海，但唱片中的她一點也沒衰老。

這個標題讓一九六三年與一九八二年兩個年代並列，營造出不斷流逝的時間與不變的時光之間的對比。

可見「年號或年代」往往是喚醒讀者記憶的魔法開關。

此外，也有不少作家也會在書名加入年份，如：喬治・歐威爾（George Orwell）的近未來小說《一九八四年》、青春小說《1980年愛子十六歲》[1]、科幻小說《拯救世界的超極大國——日本、二〇四一年》[2]……時不時都能有所發現。

韓國熱賣超過一百萬冊的暢銷小說《82年生的金智英》，因為將主角設定為「一九八二年出生」而成功引發讀者共鳴，這也是一個極佳案例。

1 編注：原書名《1980アイコ十六歲》作者崛田朱美，一九八一年出版。內容描繪一位女高中生在校園生活中所經歷的種種事件和心情。曾改編為漫畫、電影、電視劇。

2 編注：原書名 *The Last Bastion of Civilization: Japan 2041, a Scenario Analysis*，作者安德魯·布蘭考（Andrew Blencowe），二〇一六年出版，目前無繁中版。

05

串起不相干的字眼

短篇集《電視人》中，收錄了一則小說〈飛機——或者他怎麼像在念詩般自言自語呢〉。

主角是一名「簡直就像是在念詩一樣自言自語」的二十歲男子，有一個大他七歲的已婚女友。某天，女友指出他有自言自語的習慣，並拿出隨手抄錄的筆記給他看，上頭寫著如詩般與飛機有關的自言自語。

「或許、或者」（あるいは）這個字眼是村上作品中頻繁出現的特殊連接詞之一。「A或B」形式的標題，等於將兩種要素並列於一個作品中，能有效激盪出衝突與火花。

在其自選集《村上春樹雜文集》中，就有這麼一則神奇的標題〈所謂自己是什麼？（或美味的炸牡蠣吃法）〉。

此外，還有另一則短篇小說也運用了相同的手法，那就是由三個章節組成的〈三個關於德國的幻想〉，體裁類似散文詩，而這三個標題都很獨特，分別是〈冬季博物館內的色情畫〉、〈赫爾曼格林要塞一九八三〉、〈W先生的空中庭園〉。每一個標題都充滿村上風格，囊括了「關鍵字、數字、年份、神祕的名字」等要素，醞釀出一種美妙的和諧感。

這則作品收錄於短篇小說集《螢火蟲》中，不過這其實是以雜誌《BRUTUS》的訪談特輯〈無人知曉的德國「現況」〉為基礎撰寫而成的作品。赫爾曼格林（Hermann Wilhelm Göring）是德軍最高領袖，也是納粹政權的第二把交椅。

如此將真實人物的姓名放入標題，就能營造出非小說、紀實文學般專業嚴肅的效果。

散文集《村上朝日堂》中，也有一幕場景描述德國的隆美爾將軍，在開往巴黎的餐車上吃炸牛排當午餐。這同樣運用了將奇妙字眼串在一起，賦予人強烈印象的效果。

06

滿臉問號的錯愕感

當標題令人一頭霧水，或者話明顯只說一半，讀者自然會忍不住一探究竟。這就跟電視節目不會立刻播放最精采的段落，而是先切入廣告、吊足觀眾胃口後才給看的道理相同。

短篇〈泥土中她的小狗〉（收錄於《開往中國的慢船》）、〈UFO降落在釧路〉（收錄於《神的孩子都在跳舞》）、〈不管是哪裡，只要能找到那個的地方〉與〈日日移動的腎形石〉（收錄於《東京奇譚集》）等標題，都會在映入眼簾的瞬間留下滿臉「驚訝問號」的謎團，勾起讀者的好奇心。

這運用的其實是一種「引人入勝」的心理學技巧，叫做「蔡格尼效應」（中斷效應），會令人非常好奇「接下來到底會怎麼樣？」、「好想知道結果！」

人是一種奇妙的動物，比起百分之百的完整資訊，更傾向於挖掘未知的情報。

07

運用「冷笑話」

村上春樹非常喜歡冷笑話。

他曾經將自己親自創作的迴文依照五十音順序設計成歌留多（Karata，一種日本傳統紙牌遊戲），集結成《葛棗子沐浴之丸》（編按：原書名《またたび浴びたタマ》本身亦為迴文「Ma.Ta.Ta.Bi.A.Bi.Ta.Ta.Ma」）一書，也出過滿是諧音冷笑話的歌牌字卡書《村上歌留多——白兔超美味法國人》（村上かるたうさぎおいしーフランス人），將文字遊戲的才華發揮得淋漓盡致。

冷笑話能令人會心一笑或驚

訝連連，具有抓住人心的效果。或許有時候用起來會讓文章變得比較不正經，但若當作「香料」讓作品更美味誘人，效果會非常好。

其實《人造衛星情人》的書名也是誕生自冷笑話。故事描述主角「我」、立志當小說家的女性朋友「小堇」，以及讓小堇陷入熱戀、年長十七歲的女子「妙妙」之間的奇妙三角戀愛關係。書中的「人造衛星史普尼克（Sputnik）」其實僅僅是「批頭族（Beatnik）」的口誤，而小堇則暗地裡將心儀的女子妙妙稱為「人造衛星情人」。後來，小堇在希臘小島上消失蹤影，到「另一個世界」去了。至於史普尼克，其實是蘇聯的一顆人工衛星，在故事裡則是關鍵字，象徵著「孤獨」。

由安西水丸繪製插圖的彩色散文集《蘭格漢斯島的午後》，書名同樣來自文字遊戲。蘭格漢斯島其實並非真正的「島」，而是胰臟內部的島狀細胞群。

書中收錄不少令人會心一笑的隨筆，例如忘了帶課本而衝回家拿時，因為春意盎然，索性蹺課到屬於自己體內臟器胰島一部分的蘭格漢斯島邊休憩。作家描寫出一座彷彿真實存在著，能讓人度過慵懶時光、充滿寫實感的幻想空間「蘭格漢斯島」。

08

玩出一個新單字

大家聽過「小確幸」嗎？

其實這是村上在《尋找漩渦貓的方法》中創造的詞彙，意思是「小而確切的幸福」。

創造出世上前所未有的詞彙——造語，相當於一種打造嶄新世界觀的方法。

村上認為要找出日常生活中個人的「小確幸」（小而確切的幸福），前提是需要適度的自我管理。例如，咬牙努力運動後喝的冰涼啤酒，會讓人忍不住閉上眼睛喃喃自語：「沒錯，我要的就是這個」，這種感受即為「小確幸」的精髓。

在台灣，「小確幸」一詞大為風行，幾乎已經成為固定用語了。既然新造語彙日益增加，那麼由自己來創造新詞彙，玩玩文字遊戲也挺不賴的。

有一本叫做《少年卡夫卡》（少年カフカ）、類似少年漫畫雜誌的MOOK當中，收錄了長篇小說《海邊的卡夫卡》完書前的過程，以及讀者寄來的一千兩百二十封信。

內容包括村上與安西水丸一同參觀印刷廠、淘汰的裝幀備案、海邊的卡夫卡周邊商品、珍貴的創作全紀錄等等。這本書就是以「少年＋卡夫卡」的造語為書名，給人一種純真無邪的印象。

嶄新的造語是讓讀者隨時保有新鮮感的便利技巧，基本上都是以加法「A＋B＝AB」的方式處理。

這種方式大多用於短篇標題，像是《雨天炎天》、〈獨立器官〉、〈海驢的節慶〉、〈看袋鼠的好日子〉、〈品川猴〉……把奇妙的字眼湊在一起，正是村上春樹的招牌風格。

專欄

村上春樹比喻入門——料理篇

比喻就像是烘托文章的萬能調味料。其中，料理的比喻適用範圍又特別廣泛，可以呈現內心世界，亦能以食材形容外表等等。

・・・・

店裏瀰漫著香煙、威士忌、炸薯條、腋下和下水道的氣味，**像年輪形蛋糕一樣，一層一層重疊地**沉澱著。

——《聽風的歌》第十章

這一個月幾乎沒有任何意義。恍恍惚惚的，好像沒有實體，**不冰不**

涼的果凍一樣的一個月。

——《尋羊冒險記》第二章

「**好像動物形的餅乾一樣的說法**啊。」我說。男人沒有理會我的話。

——《尋羊冒險記》第六章

「我覺得難過的時候每次都這樣想。現在如果把這辛苦的先做完的話，以後就會比較輕鬆。**人生就像餅乾盒一樣**。」

——《挪威的森林》第十章

胖女人穿粉紅色衣服往往令人覺得像**巨大草莓蛋糕一樣的朦朧**。但她不知道為什麼色調卻安定而調和。

——《世界末日與冷酷異境》第十九章

和平常一樣的乳房。**好像調配錯誤沒有好好膨脹起來的麵包生麵團**

那樣的形狀。而且左右尺寸也有微妙的差異。

——《1Q84 Book2》第五章

那兩幢卻完全不搭配。正如在銀製平盤上裝了**冰沙和花菜在一起一樣**的感覺。

——《尋羊冒險記》第四章

「陰莖和陰道合起來是一組啊。**就像捲麵包和洋香腸一樣**。」

——《世界末日與冷酷異境》第九章

「……那種事情，全都一五一十地寫在臉上了。別人只要一看，星野老弟腦子裏的內容**就像剖開的魚乾似的一目瞭然**。」

——《海邊的卡夫卡》下第二十六章

就像有人**把巨大的烤牛肉使勁摔在扁平的牆上**時所發出的聲音。

我覺得**自己好像變成冷粥一樣**了。黏糊糊的，全身到處是莫名其妙的塊狀。

——《世界末日與冷酷異境》第二十三章

「想告訴你一聲。《空氣蛹》賣得相當好喔。」「那最好不過了。」「**像鬆餅一樣，一烤好當場立刻就賣出去**。**都快來不及做了，可憐的印刷裝訂廠都徹夜加班**。」

——《發條鳥年代記》第二部 第十三章

我沉默著。像**在大大的平底鍋裏倒進新的油時那樣的沉默**，暫時繼續著。

——《1Q48 Book1》第二十二章

——《人造衛星情人》第四章

河裡匯集了雨水混濁成茶色。在秋天的陽光下看起來像是**閃閃發光的咖啡加牛奶的排水溝**一樣。

——《尋羊冒險記》第八章

他真的**像在剝桃子的皮一樣**地，把山本的皮往下剝下去。

——《發條鳥年代記》第一部 第十三章

看來**就像**發育過度形狀變形決定處分掉的**果園水果**一樣。

——《發條鳥年代記》第三部 第三十一章

腦子裡**像留下冷凍生菜**代替腦漿般。

——《1Q48 Book3》第二十一章

09

幫登場人物取「怪名字」

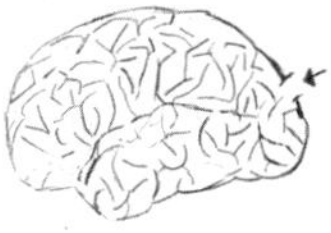

村上作品中的人物名字幾乎都「暗藏玄機」。

像是《尋羊冒險記》中的貓叫做沙丁魚，早期作品中必定串場的朋友則叫老鼠。其他還有羊男、五反田君、May、綿谷昇、加納克里特、加納馬爾他、田村卡夫卡、天吾、青豆、牛河、多崎作等怪怪的名字。

他也經常刻意用片假名，來讓名字充滿神祕感。讀者看到這些神祕名字，除了好奇也會有自己的見解，跟著陷入故事迷宮中而不可自拔。

例如《刺殺騎士團長》中有位名為免色涉的神祕男人。他的名字可以解釋成「避免色彩」，恰好暗示了免色涉與另一本長篇小說《沒有色彩的多崎作和他的巡禮之年》之間的關係（又或者當中有更深奧的含意呢？實在令人好奇）。

然而，讀到最後一頁，謎題依然沒有解開。

在《刺殺騎士團長》中，免色是一名五十四歲的未婚男子，三年前住進與主角「我」工作室間隔一個山頭的別墅，委託「我」為他繪製肖像畫。書中描述他曾因為內線交易與逃稅遭到檢察官起訴，可是通篇看下來，卻很難找到他與《沒有色彩的多崎作和他的巡禮之年》的直接關係。但讀者依然對他好奇得不得了，而色免也成了一個沒有答案的謎題，這就是一種非常高明的手法。

看來**村上作品中角色的名字大多暗藏玄機，如同「打不開門的壞鑰匙」。讀者一旦參與其中，就會走進沒有終點的迷宮，而不得不加入這場「尋找隱喻」的尋寶遊戲**。

登場人物的名字絕對非常重要。倘若拯救地球的英雄名叫「佐藤太郎」或「山田花子」，就太欠缺奇幻感了。

創作《挪威的森林》這類寫實小說時，用「渡邊」、「直子」等現實中常見的菜市場名確實比較好，但若讓白馬王子叫做「中村宏」的話，也太不夢幻了，這樣讀者就得花許多時間才能脫離現實，進到故事裡。

幫登場人物取些稀奇古怪的名字，能協助讀者順利融入奇幻作品中。這些有點怪怪的名字就像魔法一樣，能瞬間創造出非日常的魔幻世界。

例如《海邊的卡夫卡》，主角是一名叫做田村卡夫卡的十五歲國三生，住在東京中野區野方，但現實中會有青少年叫這種名字嗎？卡夫卡自從四歲那年媽媽帶著姊姊離家出走以來，便與父親相依為命。他趁著生日當天搭上夜行巴士，住進位於高松的甲村紀念圖書館。他熱愛讀書，而其名字——卡夫卡在捷克語中

意指烏鴉。到目前為止，故事仍充滿謎團。

讀者**從看到「田村卡夫卡」這個奇妙名字的瞬間，自然會猜測或許跟作家法蘭茲．卡夫卡（Franz Kafka）有關，因而毫無抗拒地接受種種不合理的故事情節了。**從這個角度來看，《海邊的卡夫卡》主角打從一開始就非得是「田村卡夫卡」不可。

《沒有色彩的多崎作和他的巡禮之年》主角多崎作的名字也附帶深刻含意。

多崎作是一名熱愛車站，在鐵路公司上班的三十六歲未婚男子，女友名叫木元沙羅。他在名古屋的一群好友，姓氏全都包含「顏色」，唯獨「多崎」的姓氏例外，所以他總是覺得自己格格不入。

「多崎」這個姓氏讓人聯想到北歐蜿蜒崎嶇的峽灣，「木元沙羅」則可讀做「沙羅雙樹的根」。

讓帶有佛教色彩的人物出現在故事裡，再加上「五種顏色」，讀者自然會聯想到象徵精神與智慧的五色「青黃紅白黑」，不如說你閱讀時不聯想到還更困難。

越是深讀村上作品，越能發現各種細節與角度，任憑讀者自由詮釋、發揮。

10

仔細描寫生活場景

洗衣、燙衣、做菜、打掃……眾所皆知，村上春樹不論是在私生活或作品中，都對日常生活十分講究。用心度日的他，也在作品中描述了許多獨到見解。這些日常細微瑣事，正是村上文學世界觀的基礎。

美國現代主義建築大師路德維希．密斯．凡德羅（Ludwig Mies van der Rohe）曾說過「神在細節裡」，而村上文學對日常細節的描寫也堪稱「神乎其技」。

登場人物在書中的日常，就如同雜誌《生活手帖》、《Ku:nel》的每一頁風景畫一樣。從《村上朝日堂反擊》中可知，村上其實當過一段時間的家庭主夫，送妻子出門工作後，便忙著打掃、洗衣、買菜、做飯，等妻子回家。當時他擁有大把時間，甚至在一年之內把谷崎潤一郎的長篇小說《細雪》讀過三遍，這些經驗對他的作品想必也造成了很大的影響。

正因為日常生活乏味，才能與後來的「事件」形成強烈對比，成為異想天開的原動力。

比方說「燙衣服」。洗衣或燙衣等行為，在村上作品中經常用來隱喻「淨化」。《發條鳥年代記》的主角每當腦袋一片混亂，就會燙襯衫，而燙襯衫一共有十二道步驟。收錄在《村上春樹雜文集》的散文也有提到「正確的燙衣方法」，還說「背景樂用靈魂音樂好像很合」。

再來是「打掃」。對村上而言，打掃是認真生活的象徵。而每個主角也幾乎都很愛洗衣服。

《尋羊冒險記》的主角曾用六條抹布幫山中小屋打蠟；《挪威

的森林》的主角渡邊雖然住在大學宿舍，卻很愛乾淨「我每天掃地板，三天擦一次窗戶，每週曬一次棉被」。

像這樣描寫認真生活的場景，正是讓作品更加寫實的重要基礎。

11

詳細描繪「場所」

村上作品還有一個重要關鍵，那就是地名具體。關於故事的舞台，村上總有一套完整設定。

以短篇小說集《沒有女人的男人們》中的〈Drive My Car〉為例，主角家福是一名演員，因罹患青光眼無法開車，只好雇用來自北海道的渡利美沙紀為他駕駛黃色SAAB 900敞篷車。

當初在《文藝春秋》雜誌連載時，其實有詳述美沙紀的家鄉位於北海道中頓別町。這個城鎮是真實存在的，但因為「當地人喜歡亂丟煙蒂」的描述引發民眾不滿，所以集結成冊時，家鄉名稱便參照《尋羊冒險記》中的虛構城鎮「十二瀧町」，只是改成在其北邊的「上十二瀧町」。

換句話說，讀者便能以此為線索反推《尋羊冒險記》中描述的地點，就在中頓別町附近的美深町一帶。如此精心安排故事地名，就能讓讀者在實際造訪小說舞台時，覺得一切都很自然。

談村上文學時，「青山一帶」絕對是解讀作品的一大「關鍵」。不僅村上開的爵士酒吧「彼得貓」位在鄰近青山的千馱谷，青山也是主要作品中必定出現的重要景點，更是村上與好友插畫家安西水丸敘舊之地。

此外，村上也是在附近的「神宮球場」立志成為小說家，於「彼得貓」的廚房撰寫出道作《聽風的歌》。只要到那一帶走走，就能解開不少村上作品中的謎團。

「彼得貓」如今已變成另一家餐酒館，但廚房位置並未改變，故目前仍能窺見一些當年的影子，附近還有村上常去的「NaKa（ナカ）理髮廳」。

最早的短篇小說集《開往中國的慢船》封面由安西水丸繪製，裡頭收錄的短篇〈貧窮叔母的故事〉就有提到「彼得貓」附近的「繪畫館」，以及書中主角在館前廣場仰望「獨角獸銅像」的一幕。

故事開頭是主角「我」於散步途中，抬頭望著繪畫館前的獨角獸銅像，又看到一旁水池底沉著幾個生鏽的可樂空罐，於是聯想到許久以前被棄置的城鎮廢墟。

這座銅像正是後來《世界末日與冷酷異境》中的獨角獸原型。像這樣具體描述場景，就能讓讀者穿梭於故事與現實世界，全方位地享受閱讀樂趣。

重複描寫同一地點，或者反覆使用相同設定，可以襯托出作者的個性，而讀者也會將這些設定視為「經典老哏」而津津樂道，所以不必刻意迴避。

《一九七三年的彈珠玩具》中，主角任職的翻譯事務所就位於澀谷。而《舞．舞．舞》也有提及許多澀谷、青山一帶的場景，「我」還在紀伊國屋買了「調理好的青菜」（即高品質蔬菜）。主角「我」在澀谷看完電影後循著老路線散步，來到原宿，接著又從原宿穿過神宮球場，前往澀谷地區，而這實際上也是村上春樹自己的散步路線。

這些在作品中透露的作者私人資訊，也是關鍵元素，因為這能讓讀者像在看村上日記般津津有味。

此外，長篇小說《國境之南、太陽之西》中，青山更是關鍵地點。故事中的「我」（阿始）結婚後，在南青山經營「播放著爵士樂的高級酒吧」，生活過得既富裕又安穩。不料阿始的初戀情人島本出現了，促使「我」重新思考自己的生存意義。

故事背景是泡沫經濟最蓬勃時的東京，主角則經營爵士酒吧、熱愛書本，種種特徵都暗示這是一部村上的半自傳小說，把它當成村上春樹的「小小戀曲」，想像《挪威的森林》中的我大學畢業、工作後，開了一間爵士酒吧也很有意思。

提起青山通，《沒有色彩的多崎作和他的巡禮之年》的主角多崎作從新加坡出差回來後，與女友沙羅就是在南青山地下室的法國料理店用餐。說到位於地下室、氣氛悠閒的餐酒館，大概就是主要提供肉類餐點的「Vin Brule」了吧。作點了「燉牛肉」，沙羅則吃了「烤鴨」，兩人再一起從青山通散步回澀谷。

另外，書中還出現了「表參道咖啡廳」。有一幕是作想買童書送黑妞（黑埜惠里）當禮物，地點描述得鉅細靡遺，就在青山通往後面一點之處，此處指的很有可能是童書專賣店「蠟筆屋」（クレヨンハウス）。買完後，作進入面向表參道的咖啡廳，點了杯咖啡和鮪魚三明治，望著風景，結果竟然撞見女友沙羅和一名中年男子約會。說起面向表參道的咖啡廳，應該是指「ANNIVERSAIRE CAFE」吧。

像這樣仔細描寫實際場所，能讓讀者對作品有更多體會。此外，讀者也會覺得現實與文學融為一體，繼而陷入其中、不可自拔。

12

講話怪裡怪氣

讓登場人物講話怪裡怪氣，會激發什麼樣的效果？舉例來說，《海邊的卡夫卡》的中田先生是一名能與貓咪溝通、年逾花甲的老人。他在年幼避難時遭遇變故，喪失識字能力，成為弱智患者，如今住在中野區的野方，靠政府發放的補助金餬口。

他說話的方式就很特別，總是以「中田……」、「中田會……」開頭。

又比如《神探可倫坡》這部影集，主角可倫坡的口頭禪是「我老婆如何如何」，以及「先生，容我再問一個問題」，每次都以相同的話逼問嫌犯。

由山田洋次導演的《男人真命苦》系列影視作品中，主人翁「瘋癲阿寅」則是每次都在說完「講出這句話就完啦！」的口頭禪後，跟人大吵一架。

熟悉的台詞或腔調，能為故事增色不少。讀者一旦習慣性格強烈的說話方式，就會愛上這種充滿魔力的「迷藥」無法自拔。

村上作品中常見的口頭禪「唉呀呀」（やれやれ）就跟阿寅的「你這小賊都拿去吧，不必找零了」、「喲！各位勞工！」一樣，每次出現都令讀者會心一笑。

此外，《刺殺騎士團長》中的角色騎士團長，講話也是怪腔怪調，總會把「不是（ない）」說成「哀呀不是（あらない）[3]」。村上與作家川上未映子的長篇訪談集《貓頭鷹在黃昏飛翔》的日文版宣傳文案中，有一句「哀呀這可不是一般訪談」（ただのインタビューではあらない）就是在致敬這個橋段，可見「哀呀不是」有多麼深植人心。

《1Q84》中的十七歲美少女深田繪里子——別稱深繪里的講話方式也頗為獨特。她是新興宗教「先驅派」教主深田保的女兒，也是小說《空氣蛹》的作者。患有閱讀障礙的她無法解讀文字和文章，卻擁有能一字不漏背誦長篇故事的特殊能力。而她的語氣總是冷冰冰，不是語調平板的說「這樣做可以（～やるといい）」就是「這樣做就好（～すればいい）」。

在故事中，「腔調」是很重要的元素，能塑造出光靠外表無法呈現的角色特質，因此缺乏視覺資訊的文學，往往會用各種細微的腔調區別哪個角色正在說話。

---

3 編注：哀呀不是（あらない），中文版譯文可能為了閱讀流暢性沒有呈現這個語感。

(1) 用「～唄」、「～的啦」等鄉音帶出角色的出身背景。
(2) 用「～好　」、「～是也」等腔調賦予語尾些許變化。
(3) 用「～對吧」、「～的說」等輕鬆語尾加上大量片假名詞彙，營造年輕人講話「無厘頭」的感覺。

另外還有各式各樣的手法。

例如《海螺小姐》[4]中，海螺與鱒男的長子鱈男，每次開口語尾都會附帶有「desU～（……ですぅ）」的口頭禪。漫畫《哆啦A夢》中大放異彩的配角「小夫媽媽」，語尾也都會加上獨特的「Zamasu（……ざます）」[5]。

漫畫《天才妙老爹》中的爸爸，一定會用「這樣就好！」來收拾混亂局面。動畫《機動戰士鋼彈》吉翁軍的夏亞・阿茲納布爾，則會有點目中無人地在語尾加上「這樣的唷（……なのだよ）」。

可見人氣作品在烘托角色（尤其配角）性格時，「口頭禪」很有必要性。

4 編注：《海螺小姐》（さざえさん），是由漫畫家長谷川町子於一九四六年開始連載的漫畫。至今改編成動畫、電影等多種影視作品，有日本國民漫畫的美譽。

5 編注：「ざます」是一個禮貌用語（丁寧語），江戶時代是游女（藝伎、娼妓）在使用，近代則多是有錢人、有品味的人在用。有時候也是用來表現「教育媽媽」（虎媽）的貶義作用語。

13

讓熟面孔不斷出場

為什麼讀者看到同樣的角色反覆登場會感到高興呢？

長篇小說《發條鳥年代記》的高中生笠原May住在主角岡田亨家附近，她在假髮工廠打工，不去上學，沒事就在家中院子曬日光浴、觀察後巷。其實這位笠原May是一位非常神祕的人物，在《麵包店再襲擊》的〈雙胞胎與沉沒的大陸〉以及《夜之蜘蛛猴》的〈鰻魚〉也有出現。書迷一見到她自然會很驚喜，心想「咦？又出現了！」

這大概是一種粉絲服務吧。

在《電視人》〈加納克里特〉中登場的加納克里特，與姊姊加納馬爾他住在山裡的一棟老透天厝，而克里特是一名擁有一級建築師資格的神祕美女。

巧妙的是，《發條鳥年代記》也有出現一對名字相同的姊妹。馬爾他擁有不可思議的直覺，是用水幫人算命的占卜師，她總是戴著紅色塑膠帽，從不收取酬勞。

設定上，她去過地中海的馬爾他島修行，與當地的水一拍即合，便使用「馬爾他」當作名字。這種讓人氣短篇中的人物挪到長篇小說大顯身手的安排，會令粉絲不住大呼過癮。

如此讓同一人物反覆出場，往往能抓住老粉絲的心。

羊男與羊也時常出現。這位羊男就像村上的分身，羊則堪稱村上世界的代表性動物。

村上撰寫《尋羊冒險記》時去了一趟北海道仔細調查羊群，當時接受採訪的綿羊研究權威平山秀介，曾提及這麼一段逸事：他受到來自東京的嬉皮村上夫妻熱情詢問，以為小倆口是為了飼養羊群而來，之後村上還送了親筆簽名的《尋羊冒險記》給他。

羊男是在《尋羊冒險記》與《舞・舞・舞》中登場的角色，是個擁有綿羊外表的綿羊人，渾身上下長滿毛茸茸的羊毛。他就像是主角內心的自我，類似異界隱者。連作者村上都坦承羊男是他的分身，還說「他是我心目中永遠的英雄」。

此外，羊男在繪本《羊男的聖誕節》、《圖書館奇譚》，短篇小說〈雪梨的綠街〉、超短篇〈義大利麵工廠的祕密〉（收錄於《象工廠的 HAPPY END》）等許多作品中也都有出現。

《羊男的聖誕節》是這樣一個故事，有人委託羊男創作聖誕節音樂，但他卻吃下有洞的甜甜圈，中了作不了曲的詛咒。搭配佐佐木MAKI充滿奇幻彩色插畫，就成了一本可愛的聖誕繪本。

《尋羊冒險記》是村上將經營的爵士酒吧「彼得貓」頂讓給朋友後，以專業作家身分開始創作的長篇小說代表作。故事描述某神祕組織正在追捕背後有星形斑紋的羊，而行蹤不明的朋友「老鼠」似乎與這件事有關，於是「我」展開冒險，尋找住進人類體內的奇妙的羊。背景設定在北海道，故事裡充滿許多神奇的符號，例如海豚飯店的羊博士、羊男、耳朵漂亮的女友等等，架構出獨特的村上世界。

收錄在《遇見一〇〇%的女孩》的短篇〈她的家鄉、她的綿羊〉，則是《尋羊冒險記》的故事原型。背景在十月雨雪紛飛的札幌，作家「我」旅行拜訪朋友時，在電視上看見一名在町役場上班，年約二十歲、長得並不美的女子介紹家鄉，不禁遙想起她居住的城鎮，以及她的綿羊。

像這樣讓相同人物、動物反覆登場，等於提醒讀者故事之間彼此有關連，也暗示角色們都是「村上春樹主題樂園」的居民。

14

突然間，重要的什麼消失了

村上作品中，總會有個什麼在突然之間消失無蹤。

貓消失了、妻子消失了、情人消失了、顏色消失了。像魔術師一樣把東西陸續變不見，是村上作品的一種形式之美。

正如同電影或動畫中的經典魔法師，一瞬間就令人消失無蹤，《發條鳥年代記》中，貓咪消失以後妻子也消失了；《國境之南、太陽之西》中，島本從箱根的別墅失蹤了；《人造衛星情人》中，小堇在希臘小島上如煙霧般不見蹤影；《刺殺騎士團長》中，「我」在繪畫教室的女學生秋川麻理惠失蹤了；短篇〈消失的藍色〉（青が消える，收錄於《村上春樹全集 1900 ～ 2000 第 1 冊 短篇集 I》，無中譯本）則是藍色從世界上消失了。

在村上作品中，女性或貓「離奇失蹤」，以及「失去」都是很重要的主題。接著主角就會栽進另一個世界開始尋找，而這往往就是村上文學的劇情主軸。

還有一則故事是海消失了。〈五月的海岸線〉中，「我」暌違十二年回到兒時住的城鎮，循著海的氣息來到小時候經常玩耍的海岸，卻發現海不見了。

「我」只能悵然地站在被水泥填滿的岸上，望著剩餘的一丁點海岸線。這是一個尋找消失風景的自傳性質故事，收錄於《遇見一〇〇%的女孩》。

《東京奇譚集》中的短篇〈不管是哪裡，只要能找到那個的地方〉描述一位先生某天途經公寓的二十四樓和二十六樓之間的樓梯時，突然失蹤了。受妻子委託的主角「我」每天都在調查那層樓梯，可是找來找去就是不見先生蹤影。裡頭充滿村上常用的關鍵字，諸如電梯、鬆餅、樓梯、甜甜圈等等，是一則非常奇妙的故事。

同樣收錄在《東京奇譚集》中的短篇傑作〈哈那雷灣〉描述鋼琴家阿幸的十九歲獨生子，在夏威夷的哈那雷灣衝浪時遭到鯊魚攻擊而亡。之後，阿幸幾乎每天都在自己的店裡彈琴而不休假，只有接近兒子的忌日時才連休三週，到考艾島的哈那雷灣，每天坐在岸邊眺望海洋與衝浪者，令人相當揪心。

在反覆歷經失去與重生之間，主角「我」則一點一滴逐步成長。

15

讓動物（或者動物園）登場

村上作品中有大量的動物，像是老鼠、羊、象、貓、海驢、鳥等等。《尋羊冒險記》有羊男，《發條鳥年代記》有貓和鳥，短篇〈象的消失〉以及〈青蛙老弟，救東京〉中，動物同樣舉足輕重。

在古希臘，伊索創作了以道德教育、諷刺為主題的「寓言」故事，其中就有許多擬人化的動物。以訓誡為目的的短篇故事中，動物是不可或缺的要角。

用動物象徵教訓及諷刺的手法，在西洋繪畫中也很常見。

貓代表自由、殘酷、多產、肉欲。
狗代表忠誠、奉獻。
鳥代表時間、靈魂、自由。
魚代表生命、智慧、愚昧。
羊代表純潔、高貴、獻給神的祭品。
鼠代表破壞、告密、貧窮。
猴代表模仿、惡意、傲慢、不成熟的人。

動物具有「深邃意含」，是賦予故事深度的重要契機（motif）。

例如〈品川猴〉這則短篇（收錄於《東京奇譚集》）。主角安藤美月約一年前開始經常想不起自己的名字，令她非常苦惱。她到品川區公所的「心煩惱相談室」找諮商師會談，才發現是某隻猴子偷走了她的名字，最後心的黑暗與名字都一起回來了。

短篇小說〈袋鼠通信〉（收錄於《開往中國的慢船》）中，主角二十六歲，任職於百貨公司的商品管理課，他在動物園的袋鼠柵欄前獲得啟發，把對客訴的回應錄成錄音帶。「我」將這卷錄音帶（這封信）稱為「袋鼠通信」。

另外還有一則收錄於《遇見·○○%的女孩》的短篇小說〈看袋鼠的好日子〉中，「主角」與「女友」從報紙地方版得知袋鼠嬰兒出生的消息。某個早晨，主角於六點醒來，看準今天是看袋鼠的好日子便前往動物園。像這樣讓相同動物反覆登場，也是村上村樹的代表性手法。

世界各地都奉為神聖動物的大象也經常亮相。村上作品中，就出現過「象工廠」和「消失的象」等字眼。

大象具有許多象徵，包含智慧、忍耐、忠誠、幸運、地位、堅強、強壯等等，能賦予充滿謎團的故事訓誡與深度。

早期傑作〈象的消失〉（收錄於《麵包店再襲擊》）是一則描述某天大象與男飼育員一起消失的短

篇小說。英文版譯名是The Elephant Vanishes，譯者為Jay Rubin，刊登於一九九一年《紐約客》雜誌，這篇小說也成了村上在美國大紅大紫的契機。

另外還有一則奇妙的極短篇〈踩過海尼根啤酒空罐子的大象短文〉，故事描述有座小鎮認領了倒閉動物園的大象，讓大象負責踩扁空罐。這篇實驗性質的作品正是〈象的消失〉的雛形。

不止標題，動物也經常出現在書中角色的對話及譬喻中。《舞．舞．舞》就有這麼一節「五反田君對司機說一小時左右之後來接我們。賓士車便像一隻很聽話的魚一般，無聲地消失在夜之黑暗中去了」，《國境之南、太陽之西》則有「禿鷲是吃藝術和明天的嗎？」等台詞。

長篇小說《發條鳥年代記》也有出現鳥類。「捲發條」一詞在村上作品中很常見，而發條鳥更是實際存在的鳥類，「長成什麼樣子，我不知道。因為實際上我沒有看過牠的樣子。只聽過牠的聲音。

發條鳥停在那邊的樹枝上一點一點地捲著世界的發條。發出嘰哩嘰哩的聲音捲著發條……」在書中，牠總是這樣為世界捲上發條。

村上作品中經常出現奇特的鳥類，尤其烏鴉、禿鷲更是常見。他經常將鳥兒附帶的「時間、空間、長壽、繁榮、靈魂」等形象，最大限度地融入故事裡。

短篇小說〈唐古利燒餅的盛衰〉有只吃唐古利燒餅維生的「唐古利烏鴉」，《海邊的卡夫卡》有「叫做烏鴉的少年」，《聽風的歌》則有「我是一隻黑色大鳥，在叢林上方向西飛翔」等描寫。此外，《刺殺騎士團長》有住在閣樓的貓頭鷹，與作家川上未映子的訪談集書名是《貓頭鷹在黃昏飛翔》，就連《世界末日與冷酷異境》中也有出現「看鳥就會很清楚自己沒有錯」等重要台詞。

《遇見一〇〇%的女孩》還有收錄一則極短篇〈鵬鶘〉。「鵬鶘」是一種像鴨子的水鳥，分類在「鵬形目鵬鶘科鵬鶘屬」，主角「我」好不容易找到工作，第一天上班敲了敲公司的門，卻冒出一個男子說要核對暗號……令人一頭霧水的對話與離奇的情節，十分引人入勝。這裡的鳥（鶺鴒）就像伊索預言一樣帶有深刻隱喻，用起來效果也很好。

自古以來，人們常把動物視為神的使者（化身），因此只要善用動物的象徵意涵，就能在故事裡傳達出類似神話或傳說所寓意的普世價值。

專欄

村上春樹比喻入門——文學篇

村上春樹式比喻中，最令人驚艷的就是文學比喻，他會將文學作品很自然地融入教人耳目一新的句子裡。請務必試試看這種能透露文學涵養的優美比喻。

・・・・

覺得自己好像變成《**綠野仙蹤**》**裏出現的生鏽而沒上油的錫人**一樣。

——《發條鳥年代記》第二部 第十二章

簡直像出現在《**愛麗絲夢遊仙境**》**裏的歙縣貓**似的，在她消失之後，那笑容依然還殘留著。

——《一九七三年的彈珠玩具》

事實上，明治以前日本人所畫出來的羊的圖畫簡直就是胡亂畫的，可以說**和H・G・威爾斯對火星人所擁有的知識相同程度**吧。

——《尋羊冒險記》第六章

「很有趣的職業。」

「那倒不然。」

「可是好像**有點《白鯨記》的趣味**。」

「白鯨？」我說。

「是啊。尋找某一樣東西是滿有趣的事。」

——《尋羊冒險記》第七章

例如**像柯南道爾的《遺失的世界》**（*Cona Doyle's Lost World*）**那樣**

土地高高隆起，或深深陷落的地方。或者像外輪山一樣周圍被高牆圍起來的地方。

——《世界末日與冷酷異境》第九章

不過當然雨是沒法子避掉的。所有的狗從頭頂到屁眼都淋得濕答答的，有些看來**像出現在巴爾札克小說中的卡瓦烏索**，有些則像在深思什麼似的僧侶。

——《一九七三年的彈珠玩具》

我一回神發現天已完全黑了，**屠格涅夫．斯湯達爾式的黑暗**深垂在我周遭。

——《世界末日與冷酷異境》第十五章

接下來就算像出現在J．G．Ballard**的小說裡那樣的大雨**連續下一個月，我也管不著了。

——《世界末日與冷酷異境》第三十一章

「我覺得我跟你從這裏出去經過十年或二十年後，還會在什麼地方碰面。而且覺得會因為某種形式而互相關聯。」

「聽起來**簡直像狄更斯的小說一樣**嘛。」說著我笑了。

——《挪威的森林》第四章

已經四月了。四月初。就像Truman Capote**的文章那樣纖細，容易空虛，容易受傷，而且美麗的四月初**的日子，

——《舞・舞・舞》第二十章

16

欠缺靈感時，讓電話響一下

在《發條鳥年代記》的開頭，主人翁岡田亨一面聽著羅西尼的《鵲賊》一邊煮義大利麵，此時一位神祕女子突然打電話過來。亨覺得女子的聲音很耳熟，卻想不起她是誰。電話中女子口氣很衝，講了一堆意有所指的話，然而身分始終沒有揭曉。

在村上作品中，電話這種溝通工具經常扮演重要角色，而神祕人物總會突然打電話來。

短篇小說〈沒有女人的男人們〉（收錄於《沒有女人的男人們》）中，半夜一點突然有人打電話來，告知前女友自殺的消息。

改變自短篇小說〈燒穀倉〉的韓國電影《燃燒烈愛》中，電話也肩負著重要功能，貫穿全篇。主角只要待在老家，就會經常有不明人士打電話來。

這種電話在村上作品中的定位，如同法國餐廳中「提振胃口的前菜」一樣。

收錄於《迴轉木馬的終端》的短篇小說〈嘔吐1979〉中，電話也起到了畫龍點睛的作用。

故事描述一名喜歡收藏舊唱片、老愛跟朋友的女友或妻子上床的年輕插畫家，所經歷的一段不可思議體驗。他從一九七九年六月四日開始，一直到七月十五日這四十天，每天都想吐，還有陌生男子天天打電話來。

村上進入早稻田大學就讀後隔年，即一九六九年於校刊《早稻田》發表了一篇分析一九六八年電影的論文《問題只有一個——缺乏交流》（問題はひとつ。コミュニケーションがないんだ），這應該是他成為大學生後撰寫的第一篇文章，裡頭談及一個概念：交

流斷層。這個重要的「斷層」（隔離）主題，成了初期村上文學的基礎。

《舞・舞・舞》中也有「像斷了線的電話機一般完全沉默」的描述，代表電話象徵著交流。

「電話」不單是會話工具，也是讓關係具體化的魔法裝置，更是電影、劇集開頭「天外飛來一筆的道具」。寫作缺乏靈感時，不如就讓電話在故事裡響一下吧。

17

一〇〇%的戲劇性效果

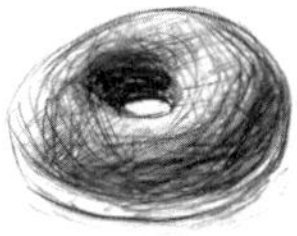

「一〇〇%」一詞的力道非常強大。

不是九〇%也不是七〇%，而是「一〇〇%」。一〇〇%這個數字本身就具有特殊涵意，常當作標語或冠詞，例如一〇〇%有機棉、訪問一百人、一百週年、滿意度百分百等等。

漢字「百」不僅代表數字，也象徵「數量極多」。百科全書、日本百名山、百獸之王、百物語、以一擋百、百人一首等詞都有使用「百」。換言之，百不但是一〇〇，還隱含了「無限」、「完美」等意義，總之是個魔法詞彙。

短篇小說〈四月某個晴朗的早晨遇見一〇〇%的女孩〉（收錄於《遇見一〇〇%的女孩》就跟標題一樣，寫的是「我」在「四月」某個晴朗的早晨，於原宿的巷子與一名百分百女孩擦身而過的日常小故事。「一〇〇%的女孩」這個修辭本身相當獨特，而此處的「一〇〇%」比起「無限」，更接近「完美」之意。

換個角度來看，如果寫成「我在春天某個晴朗的早晨遇見一名完美女孩」，明明內容一樣，給人的印象卻模糊無張。果然還是要「一〇〇%」才能成立。

《挪威的森林》發售時，紅、綠封面的書腰上大大寫著「一〇〇%戀愛小說」，也是由村上親自提議。

台灣自從《挪威的森林》登上熱銷榜後，出現了「挪威森林旅館」、「挪威森林咖啡館」、「挪威森林公寓」等建築，同樣的，在《遇見一〇〇%的女孩》推出台灣譯本後，「一〇〇%的女孩」大為風行，甚至到處都可見到「一〇〇%的╳╳」標語。

遇見一〇〇%的男孩、遇見一〇〇%的貓、遇見一〇〇%的幸福、遇見一〇〇%的愛情、遇見一〇〇%的新人生、遇見一〇〇%的好房東、遇見一〇〇%的醫生、遇見一〇〇%的課程。

聽起來很難以置信，但「一〇〇%的╳╳」在台灣無疑比在日本更引起大眾共鳴。以台灣民情來說，這點可能就跟「白菜」因為發音類似「百財」（眾多財富）而深受當地人喜愛的理由一樣，相當饒富興味。

18

使用哲學性「語言」

開頭第一句話最好能像被雷打到一樣震撼，以下幾種策略效果都不錯。

(1)放入刺激而強烈的詞彙。
(2)對讀者突然拋出疑問。
(3)使用短而具有衝擊性的哲學語言。

以純文學而言，開頭第一句話往往愈單純愈有味道。例如：

我是貓。——《我是貓》夏目漱石

梅洛斯暴跳如雷。——《奔跑吧梅洛斯》太宰治

事情發生在那天。——《蜘蛛絲》芥川龍之介

山椒魚覺得很悲傷。——《山椒魚》井伏鱒二

然而村上的開頭卻截然相反、迂迴彆扭，正因為如此，才有村上獨特的韻味。出道作《聽風的歌》開頭「所謂完美的文章並不存在，就像完美的絕望不存在一樣」就非常有名。《一九七三年的彈珠玩具》也是從「曾經近乎病態地喜歡聽一些從來沒到過的地方的事」這句莫名其妙的話作為開端。

這種令人印象深刻的哲學性文章，在開頭以外也會出現。**村上會從哲學或文學引用故事的「重要字眼」，自然而然地放在尋常對話或登場人物談話中。**

《一九七三年的彈珠玩具》有一幕是主角為配電盤舉辦葬禮，他在哀悼配電盤時說的話摘自康德（Immanuel Kant）《純粹理性批判》中的一節。主角唸誦著祭文「哲學的義務是……去除因誤解而生的幻想」接著便讓配電盤在蓄水池底安眠。

此外，村上也深受奧地利維也納哲學家——路德維希・維根斯坦（Ludwig Wittgenstein）的影響。《1Q84》中，Tamaru 的台詞「不過自我一旦被生在這個世界，就只能以承擔倫理的人活下去。別無選擇」就引用了維特根斯坦的哲學。日後村上在每日新聞的《1Q48》訪談中，也證實後期維根斯坦「私語言」的概念對他影響很深。

村上也頗受瑞士精神科醫師兼心理學家——榮格（Carl Gustav Jung）影響。他與榮格派心理學家河合隼雄交親深厚，還出過《村上春樹去見河合隼雄》的訪談錄。《1Q48》中，宗教團體「先驅派」的教主就引用過榮格的話「影子，就像我們人類往正向前走的存在一樣，是往橫向邪惡走的存在」。Tamaru 在殺人前，也引用了榮格思考自我時以石推「塔」，並刻在入口處的「無論冷或不冷，神都在那裡」。

19

徹底模仿喜愛作家的文體

村上會徹底學習喜愛作家的文體，而且毫不避諱自己深受影響。村上二十九歲時，《聽風的歌》獲得「群像新人賞」，選考委員之一的丸谷才一曾評論道：「村上春樹《聽風的歌》是受現代美國小說薰陶而誕生，作者非常積極地學習寇特・馮內果（Kurt Vonnegut Jr.）、理查・布羅提根（Richard Brautigan）等作家的風格，過程肯定相當辛苦，倘若才華不夠絕對學不來」。村上的出道作《聽風的歌》由許多短章節組成，這與寇特・馮內果的《第五號屠宰場》幾乎如出一轍。

此外，村上想必也受到了《泰坦星的海妖》、《貓的搖籃》、《冠軍的早餐》等作品影響，他自己也在《雨天炎天》提到「即使愛已消失也仍保留著親切，這是馮內果所說的話」。他總是熱切談論自己如何受到喜愛作家啟蒙，這點非常關鍵。

《關於跑步，我說的其實是……》是一本網羅「跑步」和「小說」相關散文的回憶錄文集。

村上認為想維持專注力，一定要有好體力，這本書就是記錄他選擇跑步後孤軍奮戰的過程。書名無疑致敬了村上愛不釋手、甚至親自翻譯的瑞蒙・卡佛（Raymond Carver）短篇小說集《當我們談愛時，我們到底在談什麼》。像這樣透過「關於……」點明主題，再連接「我說的」，就能明確傳達出「書中文字是來自誰的想法」。

徹底模仿心愛、尊敬作家的文風，向他們致敬，能讓作者博得同樣喜歡那些作家的讀者的喜愛。

熱情談論心愛作家時往往會真情流露，這樣的文章讀起來自然也賞心悅目。

村上最愛的費茲傑羅，就數度出現在故事裡。《人造衛星情人》中，出現過這麼一段台詞「周圍還是黑漆漆。好像很接近過去費茲傑羅稱為『靈魂的黑暗』時刻，那樣……」。

另外，《村上朝日堂嗨嗬》也有這麼一節文章「費茲傑羅也同樣酗酒，理財觀念零，去世時還負債累累。跟我的人生相當不同。跟這些人比起來，我的私生活看起來簡直像馬克債券一般穩固」。

20

字裡行間藏入謎樣數字

數字往往隱含著波瀾壯闊的故事。

「0」虛無、一切的開端、無限、世界的原點。

「1」事物萌芽、智慧、實在、初始。

「2」暗示二元論，象徵兩種截然相反的事物。

「3」三位一體的魔法數字，象徵神祕、樂觀、積極。

日本人自古就認為「四」（與死諧音）、「九」（與苦諧音）等數字不吉利，連旅館、飯店的房間號碼及停車場編號都會避免使用四和九。就跟基督教文化圈會避開「十三」（十三號星期五）、「六六六」（惡魔數字）一樣不吉利。可見人們對數字自然有一番神祕的感受，而村上也將這種數字的力量積極運用到作品中。

例如《尋羊冒險記》中的虛構城鎮「十二瀧町」。

從札幌往北兩百六十公里、日本第三虧錢的鐵道、十二座瀑布等描述來看，十二瀧町的原型很有可能是旭川北部美深町的仁宇布地區。

數字「十二」其實是非常神祕的。

一年有十二個月，一天有二十四小時，基數都是十二；星座有十二種，干支也有子、丑、寅、卯、辰、巳、午、未、申、酉、戌、亥等十二支；新約聖經中有十二使徒，希臘神話裡有十二位主神住在奧林帕斯山上，佛教的十二因緣則是佛陀所說一切苦痛之根源；在音樂界，平均律由十二個半音階所組成。

換句話說，「十二」這個數字是極其神聖、美麗的，村上則刻意用這個數字為城鎮命名。

《沒有色彩的多崎作和他的巡禮之年》中，數字「十二」也反覆出現。抵達芬蘭的多崎作被當地女子詢問在飛機上看了什麼電影，他回答案是《Die Hard 12》，而作的女友沙羅接電話時，也有這段描述「呼喚鈴聲響了十二次，然後沙羅來接」。女友沙羅回電給多崎作時，則是「該不該拿起聽筒，鈴聲繼續響了十二次之間，作猶豫著」。

寫作時善用數字的含意或故事，也是一門必要的功夫。

21

講究數字的細節

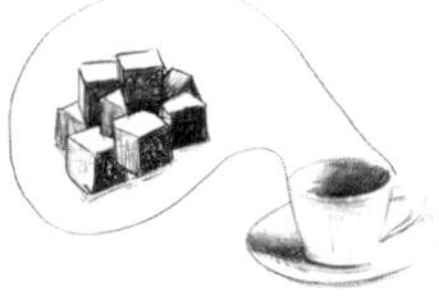

數字是魔法，而村上對數字也格外講究。

不單是「千位數」、「百位數」，他設定的神祕數字往往精細到「個位數」，像這樣寫下詳細數字，就能增加資訊的真實度。

比起「富含維生素C」，寫成「含有四十八顆檸檬量的維生素C」更可信。

相較於「一天賣五百個！」，寫成「每三秒賣出一個！」更令人眼前一亮。數字寫大一點雖然能四捨五入、尾數也會比較好看，但刻意將數字寫得很詳細更能取信於人。

出道作《聽風的歌》中，就有許多細微的數字。

例如「當我知道她死的時候，抽了第六九二二根香煙」，主角稱這名女友為「第三個跟我睡覺的女孩子」，連名字都沒寫，另外也有這麼一段「一九六九年八月十五日到次年四月三日為止的期間內，我一共去上三百五十八節課，做愛五十四次，抽了六千九百二十一根香煙」。

到這裡為止，主角與女友的關係全都是以數字來表現。夏天時，「我」與朋友「老鼠」像著迷似的，灌了一大堆啤酒，量非常驚人。

> 我和老鼠花了一整個夏天，簡直像被什麼迷惑住似地，喝乾了二十五公尺長游泳池整池那麼多的啤酒。剝掉可以鋪滿「傑氏酒吧」地板五公分厚的花生殼。而且那是一個如果不這樣做，就活不下去的那種無聊夏天。

二十五公尺游泳池量的啤酒，到底有多少呢？只要在文章裡放入詳細的數字，即使是在吹牛，仍會增添不少真實性與說服力。愈細得教人不敢置信，愈有魅力，很神奇吧。

再來，收錄於《遇見一〇〇%的女孩》的短篇小說〈沒落的王國〉也有這麼一段。

「姓Q的跟我是同年，卻比我長得英俊瀟灑五百七十倍」。這一句加入數字後，果然令人印象深刻。

比主角「我」英俊瀟灑五百七十倍的Q姓帥哥，形象與《挪威的森林》的永澤不謀而合。故事描述「我」在赤坂附近的飯店游泳池旁看書，姓Q的大學時代朋友正好坐在一旁，與他同行的女子把可樂紙杯狠狠砸到他臉上。

像這樣放入莫名其妙但具體的數字，就能營造出絕佳的效果，讓虛構故事變得歷歷在目。表明自己是村上粉絲的新海城導演也承襲了這項技巧，融入他所寫的小說《秒速五公分》中。

22

具體描寫年齡

讀村上的作品，會發現登場人物的年齡都有很詳細的設定。為了讓讀者更容易與主角共鳴，村上大多會詳述具體的年齡。

有時年齡甚至直接放進了標題裡。

舉例來說，《遇見一〇〇%的女孩》中的短篇小說〈32歲的DAY TRIPPER〉，其實源自披頭四樂團第十一張專輯《Yesterday and Today》裡的一首曲子〈Day Tripper〉。故事描述三十二歲的我與「海象」般可愛的十八歲女友之間的可愛情侶對話。光是三十二歲的我與十八歲女友這樣的安排，就讓故事充滿了戀愛氛圍，實在不可思議。

這種**「數字」與「特定詞彙」的組合，能讓作品更有魅力。**

三十二歲與十八歲的年齡差距，也恰到好處反映了男人對少女的渴望。如果是三十二歲的我與三十歲「海象」般的女友之間的情侶對話，也太稀鬆平常了。

正因為十八歲的女友剛成年、不會犯法，才更令人想入非非。如果是二十歲的我與十八歲的女友那也很無趣，二十三歲的我與十八歲的女友也沒什麼稀奇。果然還是得三十二歲的我與十八歲的女友，才會令人砰然心跳。

《挪威的森林》裡也經常出現有關年齡的描寫。

> 四月中旬直子二十歲了。我是十一月生的，因此她比我大差不多七個月。直子二十歲了這件事感覺有點不可思議。對我和直子來說覺得好像在十八和十九歲之間來來去去會比較對似的。十八的後面是十九，十九的後面是十八——這樣還可以理解。然而她卻二十歲

了。而且到秋天我也會變二十歲。只有死者永遠還是十七歲。

這段關於年齡的細膩描寫也很精采。

年齡分為「實際年齡」、「身體年齡」、「精神年齡」三種。善用與年齡相符的語言描述搖擺的心，營造落差，就能寫出令人共鳴的作品。

專欄

村上春樹比喻入門——電影篇

村上作品裡有許多用來比喻的電影，從經典名作、西部牛仔劇到尚盧高達（Jean-Luc Godard），在在反映了村上的興趣。看到小說中出現電影比喻，總會令人會心一笑。

．．．．

雨極其安靜地下著，只發出像報紙被撕成細細的一條條，然後鋪在厚厚的地毯上所發出的聲音一樣。**克勞德．李路許的電影上經常下的那種雨**。

——《一九七三年的彈珠玩具》

當廢鐵處理呀。**就像《金手指》裡演過的那樣啊**。

——《一九七三年的彈珠玩具》

有樹籬、有照顧得很好的松樹，高尚的走廊像保齡球道似地筆直延續著。總而言之，光這些建築物，**就像連續三片外加預告片的電影**一樣，坐落在山丘上，那風景倒是滿有點可看性。

——《尋羊冒險記》第四章

「**就像《二〇〇一：太空漫遊》一樣嗎？**」

「對。」我說。

——《世界末日與冷酷異境》第七章

在那地基上蓋起了像**《星際大戰》的祕密基地般**愚蠢的高科技飯店。

——《舞・舞・舞》第六章

手上戴的Rolex金錶閃閃發光，當然沒有所謂的兒童用Rolex錶，因此那顯得格外的大。好像**出現在《星際大戰》或什麼裡的通信裝置一樣**。

——《世界末日與冷酷異境》第十三章

我好像**《黑獄亡魂》**（*The Third Man*）**裏的約瑟夫考登一樣**一直凝神注視著。

——《世界末日與冷酷異境》第三十九章

23

加入奇妙的食物（或吃法）

吃過「可樂淋鬆餅」嗎？這是《聽風的歌》裡出現過的經典甜點。

老鼠最喜歡吃剛煎好的hot cake，他把那裝在深盤子裡疊成幾片，然後用刀子整齊地切成四等分，再從上面澆一瓶可口可樂。

「這種食物的優點是，」老鼠對我說：「食物跟飲料合而為一。」

其實這個組合出乎意料地可口。用如此令人印象深刻的方式描述料理，也是春樹文學的經典技巧之一。

光是想像村上故事中主角常做的義大利麵，就令人口水直流。

讀完之後，也會忍不住想做一道一模一樣的來品嚐。

最有名的料理就是「有什麼放什麼的義大利麵」了。據《村上朝日堂》所述，這是村上在學生時代常做的簡單菜色，把冰箱清一清，材料全部扔進煮好的義大利麵裡拌炒就完成了。

料理也是推展故事情節的小道具。

《發條鳥年代記》的劇情從「我」煮義大利麵時，接到一通神祕電話開始，義大利麵彷彿象徵了接下來的「一團混亂」。此外，《尋羊冒險記》有「鱈魚子義大利麵」，《舞・舞・舞》也有「最後沒煮來吃的火腿義大利麵」，可見義大利麵是早期作品中必定登場的菜色。

收錄於《遇見一〇〇%的女孩》的短篇小說〈義大利麵之年〉，描述一九七一年時，主角因為獲得一個巨大鋁鍋，因而一年四季都在煮義大利麵。

《海邊的卡夫卡》對料理也有獨特的描寫。

「像小黃瓜一樣酷，像卡夫卡一樣神祕」。其中「像小黃瓜一樣酷」是指英文片語「cool as cucumber」。村上刻意直譯，營造出一種玩笑般的戲謔感。

《挪威的森林》裡還出現過海苔捲小黃瓜，這是「我」去醫院探望綠的父親時做的即興料理。

我去洗手間把三根小黃瓜洗了，然後在小碟子上裝一點醬油，用海苔把小黃瓜捲起來，沾醬油喀拉喀拉地吃起來。

「好好吃噢」我說。「既簡單、又新鮮，有生命的清香，很好的小黃瓜噢，比什麼奇異果都更正點的食物。」

小黃瓜大概是在隱喻些什麼吧。像這樣描述食物的苦澀、鮮美，便能烘托場面，營造出令讀者印象深刻的場景。

料理在故事裡果真是強而有力的武器。

24

拿食物比喻

將場景或狀況比喻成食物，也是一種高明的手法。

村上與柴田元幸談論翻譯的《翻譯夜話》中，村上將寫小說與翻譯的關係形容為「雨天泡露天溫泉」，也就是先泡露天溫泉暖和身體，再淋雨讓體溫降低，一天之中反覆交替。另外他也用「巧克力和鹽味仙貝」形容這種關係。

《世界末日與冷酷異境》的這段台詞「因為睡眠不足臉像廉價起司蛋糕一樣浮腫」，也比喻得相當精采。

同作中還有另一句「地板是磨得很清潔的有光澤的大理石，牆壁是像我每天早晨吃的奶油似的帶點黃的白色」這種令人耳目一新的描寫。

《舞・舞・舞》中，也有這麼一段「曬黑了好有魅力，看起來簡直像是咖啡加牛奶的精靈一樣。背上裝一對漂亮的翅膀，肩膀貼上湯匙會很配喲。咖啡歐蕾的精靈，如果妳變成咖啡歐蕾的支持者的話，摩卡和巴西和哥倫比亞和克里曼加羅加在一起都絕對敵不過妳。全世界的人都會悄悄喝咖啡歐蕾。全世界都會被咖啡歐蕾的精靈迷住。妳曬得就是這麼有魅力」。

讀下來雖然有些難為情，但以文學角度而言，措辭卻非常精采。

把場景或狀況比喻成食物，不但方便實用，還能訴諸五感，讓讀者更容易理解。

25

極度講究酒名

想要轉換氣氛時，酒是一個便利道具。若不知該如何下筆，就讓故事裡的人物喝點酒吧。

《舞・舞・舞》中就有這樣的一幕「啤酒喝完之後便喝 Cutty Sark。並聽 Sly and the Family Stone 的唱片，也聽 Doors，Stones，Pink Floyd。還聽 Beach Boys 的《Surf's Up》。六〇年代式的夜。還聽〈The Loving Spoonful〉，〈Three Dog Night〉。如果有個認真的太空人在那裡的話一定以為這是 Time Warp 吧」。

老實說，對於不喝酒也不常聽音樂的人而言，根本看不懂這段在寫什麼。但正因為有了這些符號般的關鍵字，春樹的文章才會如此輕靈巧妙。

《舞・舞・舞》裡也有這麼一段「我們到哈雷克拉尼飯店的酒吧去。不是池畔酒吧而是室內酒吧。我喝馬丁尼，雪喝檸檬蘇打。塞格拉夫馬尼諾夫般表情嚴肅頭髮稀薄的中年鋼琴師面對著演奏鋼琴默默彈著標準名曲。」光是這樣就將時代氣氛傳達得淋漓盡致。

有時候，刻意大量使用時下流行的酒名，有助於營造出一種獨特的「時代空氣感」。

26

仔細描述排行

一旦故事裡的角色「擁有排行」，總會令讀者特別好奇。就像奧森．威爾斯（Orson Welles）主演的電影《第三人》一樣，排行第三以後的角色格外神祕，彷彿藏了許多「非官方設定」。

又比如「發現第三個寶藏」、「第三個女人」，是不是也很令人好奇呢？若是「第四號敵人」、「第五位女子」就更加增添撲朔迷離感了。

《萊辛頓的幽靈》收錄的〈第七個男人〉，是一則描述一群人圍坐成一圈，然後輪流講故事的短篇小說。

這是村上迷上衝浪時，望著海浪聯想到的作品，而七人中的「第七個男人」給人一種「恐怖」、「懸疑」的印象。

光是這「七人中的第七人」的設定，就足以勾起讀者的好奇心，若標題是〈第七個女人〉，搞不好會讓人懷疑是不是要發生什麼案件了。

像這樣善用「第幾」來排行，便能營造懸疑氣氛，引誘讀者一探究竟。

27

塞入流行字眼

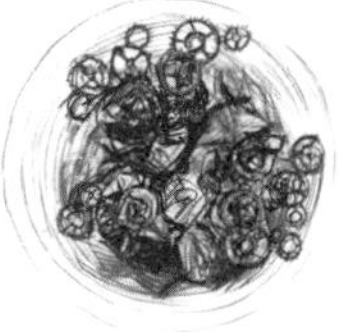

村上曾經說過，他的寫作技巧幾乎都是從音樂學來的。例如《村上春樹雜文集》中提到：「無論音樂或小說，最基礎的東西就是節奏。文章如果沒有自然而舒服，而且確實的節奏的話，人們可能無法繼續讀下去。節奏這東西我是從音樂（主要是從爵士樂）學來的」。比喻時，他也運用了許多與大量生產、消費的流行文化有關的字眼。

《世界末日與冷酷異境》中，就有這麼一段「我希望能在地球和麥可傑克遜轉一圈的時間裏沉沉昏睡。新的麻煩就以新的絕望感來迎接就行了」。

《國境之南、太陽之西》中，也有這種表現手法「她好像一本正經的法國餐廳經理在接到美國運通卡一樣的表情接受我的吻」。

另外，在《海邊的卡夫卡》中，還有一名幫助星野尋找「入口的石頭」，裝扮得跟肯德基爺爺——桑德斯上校一模一樣的神祕人物。在村上作品中，「麵包」、「披薩」、「平裝書」等印象鮮明的字眼會大量出現，這種手法在春樹迷歌手的歌詞中也很常見。椎名林檎〈丸之內虐待狂〉的歌詞「給我一把 Rikkenbacker620 電吉他」、「用 Gretsch 吉他狠狠扁我」就帶有一些春樹味。小澤健二的〈痛快ウキウキ通り〉（痛快歡樂街）也很有春樹的流行風，歌詞隨處可見「我想要 Prada 的鞋子」、「咖啡廳播著歌劇 Porgy and Bess」等描述。

用潛伏於日常的流行字眼當作武器，大膽地把文學與我們生活的世界連結在一起。

28

用知名樂曲當背景音樂

音樂具有撼動人心的力量。當自己熟悉的音樂出現，腦海就會浮現畫面、響起聲音，產生共鳴的感覺。村上文學便經常使用這種效果。

例如披頭四樂團。《挪威的森林》小說中，除了玲子用吉他演奏的〈挪威的森林〉（*Norwegian Wood*）以外，還出現了許多披頭四的歌。直子生日時聽的唱片是《花椒軍曹寂寞芳心俱樂部》（*Sgt. Pepper's Lonely Hearts Club Band*），據說村上寫作時，曾反覆聽這首歌高達一百二十次。此外，〈蜜雪兒〉（*Michelle*）、〈漂流者〉（*Nowhere Man*）、〈茱麗亞〉（*Julia*）等名曲也都有出現。有些作品甚至直接用披頭四的曲名當標題，像是《遇見一〇〇%的女孩》中的〈32歲的DAY TRIPPER〉、《沒有女人的男人們》中的〈Drive My Car〉。

另外，短篇小說〈Yesterday〉也有一幕，是主角朋友「木樽」以關西腔演唱披頭四的〈Yesterday〉而引發熱議。裡頭還有這樣的台詞「比方說沙林傑的作品中，《法蘭妮與卓依》就沒有出版用關西腔翻譯的吧？」據村上表示，那是因為他「一直想用關西腔翻譯《法蘭妮與卓依》（*Franny and Zooey*）」卻不得實現，欲求不滿下才寫了這則短篇小說。這部作品收錄於《沒有男人的女人們》，關西腔〈Yesterday〉歌詞雖然刪去了大半，但依然令人印象深刻。

早期作品中也出現過「貓王」艾維斯普里斯萊。

貓王象徵了美國夢。《聽風的歌》主角「我」第一次與女孩約會時看的電影，就是由艾維斯普里斯萊主演。《沒有色彩的多崎作和他的巡禮之年》中，有一幕是作想起了手機來電音樂的曲名，而那正是艾維斯普里斯萊的〈拉斯維加斯萬歲〉。

如此在作品中寫入音樂，就會讓文學自帶配樂，營造出類似電影、影集般優異的聲光效果。

劇情急轉直下時，不妨大膽寫入快節奏的曲子，讓車子收音機播點音樂，或讓角色放一張CD，氣氛就會截然不同哦。

專欄

村上春樹比喻入門——建築篇

人類就好比世界上最小的建築。例如「她內心的黑暗彷彿一座巨大金字塔」、「我的心情就像傾頹的小木屋」，如此把各種建物組合起來，就能創造出無窮無盡的變化。

‧　‧　‧　‧

一想到時間我的頭就像**黎明時分的雞舍**一樣混亂。

——《世界末日與冷酷異境》第二十九章

像**迎接嘉年華會的比薩斜塔般向前傾斜而堅挺地勃起**。

中也有過書。

中田就像是一本書也沒有的圖書館一樣。從前不是這樣的。中田心

——《海邊的卡夫卡》下第二十八章

我放下聽筒之後，想到再也見不到那個女孩，感覺有點寂寞。**好像眼看著要閉館的大飯店沙發和水晶燈一一被搬走了**一樣的心情。

——《海邊的卡夫卡》下第三十案章

「不想再結婚嗎？」

「都無所謂了」我說。「都沒什麼不一樣。就好**像有入口和出口的狗小屋**一樣啊。從哪邊進去從哪邊出來都沒什麼不同。」

——《世界末日與冷酷異境》第三十七章

——《世界末日與冷酷異境》第三十七章

睡眠很淺，總是短暫的。**像暖氣很足的牙科醫師候診室裡的瞌睡一樣**。

——《一九七三年的彈珠玩具》第十四章

所謂控制廣告，就是指幾乎控制了所有的出版和電子媒體的意思。沒有廣告的地方也就沒有出版和電視、電台。就像**沒有水的水族館**一樣。

——《尋羊冒險記》第四章

男人什麼也沒說，只是一直盯著我的臉。我被他一盯，竟然**覺得自己好像變成一個空空的游泳池**一樣。

——《尋羊冒險記》第六章

29

講究色彩

村上春樹是色彩小說家，對顏色特別講究。

《沒有色彩的多崎作和他的巡禮之年》中，住在名古屋的五人組互稱「紅仔、藍仔、白妞、黑妞」，唯有主角多崎作的名字沒有顏色。這是一部充滿中國五行思想的成長故事，描述作突然被高中時代的四名死黨絕交，一蹶不振後慢慢打起精神，長大後因為女友建議，決定踏上與老友重逢的巡禮之旅。

村上在這部作品中，用色彩精采刻畫了角色們的潛意識。

色彩會深刻影響人的心理狀態及行為舉止，而每種顏色都有各自相應的特徵。除了色彩本身具有的意象，顏色改變亦象徵著毀壞。

因此當我們看到顏色，便會產生各式各樣的聯想。

例如「紅」。雖然日文有「赤裸裸的謊言」（まっ赤な嘘）、「不相干的人」（赤の他人）等講法。但一般來說，聽見「紅」，幾乎都會先想到「火」、「血」，繼而聯想到「熱情」、「革命」等抽象概念。聽到「黃亮之聲」（黄色い声，女性或小孩的尖叫聲）就會聯想到「咦呀！」這正是色彩的魔法。

各顏色代表的印象如下：

白↓善、真理、純潔、純粹。

黑↓惡、高級、夜、暗、悲傷。

棕↓執著、沉穩、古樸、安定。

紅↓愛、熱情、危險、勇氣、攻擊。

橙↓陽光、幸福、驕傲、野心。

黃↓開朗、明快、快樂、幸福、希望、幽默。
綠↓安全、健康、成長、自然、痊癒。
藍↓冷靜、智慧、未來。
紫↓高貴、正義、優雅、神祕。
金↓太陽、榮耀、光芒。
灰↓陰鬱、不變、沉靜。

大概是這種感覺。《沒有色彩的多崎作和他的巡禮之年》中，許多角色都擁有色彩，包括「灰田」這個男人，名字也帶有介於白黑之間的「灰」。

只收錄於全集的短篇小說〈消失的藍色〉，是一則講述藍色突然從世界上消失的故事。

其實這篇〈消失的藍色〉是非常重要的作品，後來於村上文學中頻頻出現的「藍」、「消失」等關鍵字，在這裡都有登場。

例如「青豆」這位名字帶有藍色的人物，她是《1Q84》的主角之一，本名青豆雅美。表面上她在廣尾的高級健身房當教練，暗地裡卻是一名殺手。據說這個名字是村上在居酒屋看到「青豆豆腐」的菜名時想到的，他也為插畫家好友安西水丸與和田誠共著的散文集取了《青豆豆腐》（青豆とうふ）的書名。

另外，村上十二歲時在他參與編輯的西宮市立香櫨園小學畢業校刊中刊登的作文，標題也是《青葡萄》（青いぶどう）。

作文剛開頭，村上便比喻自己像不成熟的「一顆青葡萄」，這篇珍貴的文章可謂村上日後創作的原點，從中能瞥見他與眾不同的才華。

藍令人聯想到大自然的天空、海洋、水，也給人內向、知性、悲傷、憂鬱的感受。就某種意義上而言，「藍」堪稱是村上文學的主色調。

顏色是極其重要的語言，不僅能代表人的心理，亦能展現故事的世界觀。

30

融入經典文學

村上除了熟悉爵士樂與古典樂，對古典文學也瞭若指掌。他尤其喜愛外國文學，而且自小耳濡目染，因此在他的故事裡，三不五時就會出現俄國文豪等巨匠的蹤影。

其中，杜斯妥也夫斯基特別重要。他是十九世紀的俄國小說家，創作過《罪與罰》、《白癡》、《附魔者》、《卡拉馬助夫兄弟們》等膾炙人口的名著，村上在《CD-ROM版村上朝日堂 斯麥爾佳科夫對織田信長家臣團》中說過：「杜斯妥也夫斯基是偉大的文豪，站在他面前，我的作家生涯簡直微不足道」。另外，他也提到：「世界上有兩種人，讀完《卡拉馬助夫兄弟們》的人與沒有讀完的人」。

《卡拉馬助夫兄弟們》是出現在村上作品中最多次的小說，書中談及了信仰、死亡、國家、貧困、家人等各種議題，是村上立志書寫的「綜合小說」之象徵。

《聽風的歌》中，老鼠寫了一部致敬《卡拉馬助夫兄弟們》的小說；《世界末日與冷酷異境》裡，「我」則以「說得出《卡拉馬助夫的兄弟們》全部兄弟名字的人到底世上有幾個」來回憶這本著作。

另外，安東．契訶夫（Anton P. Chekhov）也是極為重要的作家。他是俄羅斯代表性的戲劇文豪，以《海鷗》、《萬尼舅舅》、《三姊妹》、《櫻桃園》等四部劇享譽全球。《村上朝日堂是如何鍛鍊的》提到，若要帶一套書去旅行，肯定會帶《契訶夫全集》，可見契訶夫也對村上影響頗深。

《1Q84》中，有一幕描繪天吾拿起了契訶夫的遊記《薩哈林旅行記》[6]，朗讀有關原住民基里亞克人的章節，還引述了契訶夫的名言「小說家不是解決問題的人，是提起問題的人」。

短篇小說中也出現過古典文學和經典名著。《沒有女人的男人們》中，有一篇叫做〈雪哈拉莎德〉的作品。因故隱瞞身分的主角羽原，為每次與自己發生性行為後就會說出不可思議故事的女人，取了一個與《一千零一夜》中王妃相同的名字——雪哈拉莎德。這位雪哈拉莎德總是語出驚人，有次甚至說「我的前世是八目鰻」。附帶一提，這也是村上作品中難得以「北關東的地方小都市」為背景的奇妙故事。

像這樣重現古典文學，就能創作出高格調的故事。

---

6 編注：《薩哈林旅行記》（*Sakhalin Island*），十九世紀中葉，俄羅斯帝國將位於韃靼海峽和鄂霍次克海之間的一個長條形島嶼——薩哈林島作為監禁政治犯和刑事犯的監獄。而此處種種不人道的環境，促使契訶夫費時三年寫出本作。

和歌有一種創作技巧叫做「本歌取」，意指擷取一小段（一、二句）古詩歌（本歌）到自己創作的新歌中吟詠，藉此讓人聯想到本歌並豐富自身詩歌的內容。村上大概就是在小說中運用了「本歌取」，將世界名著當成材料，創造出嶄新文學吧。

31

強調某種戀物癖

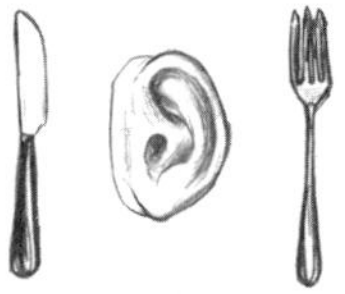

「戀物癖」出自法文「fétichisme」（偶像、詛咒），指特別偏愛某個對象或特定部位。

在村上作品中，「戀物癖」是非常重要的香料。

最具象徵性的是出現在《尋羊冒險記》、《舞．舞．舞》中，耳朵擁有特殊能力的「我」的女友。

女友擁有一對蠱惑人心的完美耳朵。她兼了好幾份差，除了當耳朵專門的模特兒，也在出版社打工做校對，還擔任高級應召女郎，因此這裡的「耳朵」極有可能代表性器官。無論如何，設定登場人物有「戀耳癖」這件事本身，便賦予故事難以言喻的性暗示感。

此外，其他作品也有出現過具有象徵意義的「耳朵」。

短篇小說〈盲柳，與睡覺的女人〉是一則「我」陪表弟搭公車去醫院治療耳朵的奇妙故事。

「盲柳」會散播濃烈的花粉，一名女人因為被沾染花粉的小蒼蠅鑽進耳朵便睡著了。在這裡，「耳朵」是封閉心靈的人彼此溝通的渠道，具有極為重要的象徵意義。

其他作品對耳朵也有特殊的描寫。

《開往中國的慢船》收錄的短篇小說〈雪梨的綠街〉，描述私家偵探「我」在雪梨綠街設立事務所並接受羊男的委託，幫他尋找被羊博士扯掉的右耳。

這則短篇小說也收錄於村上為年輕讀者編纂的《初見的文學 村上春樹》，看來村上本人很喜歡這個作品。

就早期的「耳小說」而言，〈雪梨的綠街〉地位絕對不容忽視。

《1Q84》中，也有「剛剛出品的耳朵，和剛剛出品的女性性器非常相似」的台詞。

可見耳朵與性器的確有些共通點，容易讓人聯想在一起。

32

善用字謎

字謎（anagram）是一種語言遊戲。亦即把「某個單字」的字母替換掉或改個順序，變成其他意思。

英國文豪莎士比亞（William Shakespeare）所創作的《哈姆雷特》中，主角哈姆雷特（Hamlet）的名字是來自丹麥史學家薩克索（Saxo Grammaticus）著作《丹麥人的事跡》（*Deeds of the Danes*）中的「亞姆雷特」轉變而來；日本知名主持人塔摩利（タモリ）的藝名是將他的本名「森田」（モリタ）倒過來；歌手 Kahimi Karie 的藝名源自本名「比企真理」（ひ

きまり）；連鎖書店「淳久堂」（ジュンクドウ）則是將創業者之父工藤淳的名字顛倒，變成「淳工藤」（ジュンクドウ）。

像這樣將真意不著痕跡地隱藏起來的語言遊戲，就稱為字謎。

《舞・舞・舞》中有一位不紅的小說家「牧村拓」（Makimura Hiraku），他是雪的父親，住在神奈川縣的辻堂，從一名天真純樸的青春小說作家突然轉為實驗性前衛作家，而他的名字正是由「村上春樹」（Murakami Haruki）重組而成。其實這也是村上出道前，當雜誌寫手時實際使用過的夢幻筆名。

33

以半自傳形式
描寫自己的化身

村上文學中最常出現的角色就是「我」了。

「我」既是村上本人，亦是故事中的化身。

包括《聽風的歌》、《一九七三年的彈珠玩具》、《尋羊冒險記》、《舞・舞・舞》等「我與老鼠四部曲」和其他多部著作，都是以第一人稱「我」創作而成。

寫完《發條鳥年代記》後，村上似乎覺得「該換換口味，別再寫第一人稱了」，因此《海邊的卡夫卡》中田的章節、《黑夜之後》、《沒有色彩的多崎作和他的巡禮之年》都是以第三人稱書寫。

仔細描寫自己的化身，也是村上文學的魅力所在。

另外，這些化身還會不著痕跡地融入故事中。

《遇見一〇〇%的女孩》收錄的短篇小說〈唐古利燒餅的盛衰〉，就是一則改編自村上親身經歷的奇特短篇故事。

某天，男人在報紙上看到一篇廣告「名菓唐古利燒餅徵求新產品，說明大會」。為了參加大會，男人跑到飯店，結果遭遇了一連串莫名其妙的事件，還目睹「唐古利烏鴉」為爭奪燒餅而互相啄食。這其實是村上將自己出道當小說家時，對文壇的印象寓言化的故事。

收錄於《神的孩子都在跳舞》的〈蜂蜜派〉也是一則半自傳性質小說。

三十六歲的主角淳平從神戶進入早稻田大學文學院就讀，成了不紅的小說家。大學時期他最要好的兩個朋友——小夜子和高槻結婚後不久就離婚，但三人仍保持著友誼。

小夜子和高槻有個四歲的女兒沙羅，淳平把兩人的故事即興改編成童話「採蜂蜜的名人小熊『正吉』與好友『東吉』」說給她聽。村上自己正是早稻田大學的畢業生，這則短篇小說或許是他幻想自己成為滯銷小說家後的生活吧……。

另外，收錄於《東京奇譚集》的〈日日移動的腎形石〉中，主角淳平是一名擅長寫短篇的三十一歲小說家，曾四度入圍芥川賞。其實村上本人也數度入圍，卻從未獲獎。

淳平在宴會上認識了一名叫桐慧的女人，想起父親說過「男人的一生中，只會遇到三個真正有意義的女人」。後來，儘管淳平與他分享過的一個關於腎結石的小說，登上了文學雜誌，淳平卻失去了她的音信。這位淳平與〈蜂蜜派〉的主角是同一人，簡直就是村上本人的化身。

還有一篇〈中斷的蒸汽熨斗把手〉（中断されたスチーム・アイロンの把手）。這是連全集都未網羅的夢幻作品，為收錄於安西水丸著作《POST CARD》中的連續短篇之一。

故事相當幽默，出現了一位叫「渡邊昇」（安西水丸本名）的「壁面藝術家」。當時《挪威的森林》人氣正旺，村上便藉著這則短篇小說自我調侃了一番。

《舞・舞・舞》中的名句「文化上的剷雪」也是村上在揶揄自己。他把寫出「世上需要卻沒人會看的文章」比喻成「剷雪」。例如自由作家「我」與小說家雪的父親木村拓的對話，就很經典。

「只是提供填空的文章而已。什麼都可以。只要有寫字就行了。但總得有人寫。於是，我就寫了。就像剷雪一樣。文化上的剷雪。」

「我可以拿來用在什麼地方嗎？那所謂的『剷雪』。很有意思的表現，文化上的剷雪。」

村上說過他之所以描寫自己，很大一部份是為了「自我療癒」。小說裡的角色對作家而言，有時就像是自己無意識下的化身呢。

專欄

村上春樹比喻入門——美術篇

繪畫比喻的難度較高，因為即使嘔心瀝血想出「巴比松派一樣的光芒」、「彷彿林布蘭的畫」、「就像維拉斯奎茲所畫的男人」等句子，讀者也很可能一頭霧水。不過只要使用得宜，文章就會充滿璀璨、優美的光芒。

．．．．

她簡直像林布蘭在畫衣服的折紋時那樣，很小心地花時間在吐司上抹果醬。

——《1Q84 Book2》第十六章

從高窗上射進來**像魯本斯的畫裡一樣的日光**，在桌子正中央劃出一條明暗清晰的界線。

——《一九七三年的彈珠玩具》

十一月冷冷的雨，將大地染成一片陰暗，使那些穿著雨衣的維護人員，和懸掛在一片平坦的機場大樓頂上的旗子，和BMW的廣告招牌等，一切的一切看來都像是**法蘭德斯派陰鬱畫的背景**似的。

——《挪威的森林》第一章

我和電梯就**像是題目為《男人和電梯》的靜物畫**一樣，安靜地停在那裡。

——《世界末日與冷酷異境》第一章

或許我們只是在**如同艾雪錯視圖般**的迷魂陣中來回往返也不一定。

——《世界末日與冷酷異境》第一章

簡直就像**基里柯的畫中情景一樣**，只有女人的影子橫越過路面往我的方向拉長著而已。

——《發條鳥年代記》第一部 第一章

那是會**令人想到如果孟克為卡夫卡的小說畫插畫的話**，一定是像這樣的場所。

——《發條鳥年代記》第二部 第六章

「我和妳在意識中相交。」我說。實際說出口時，總覺得那**像在雪白的牆壁上畫了一張大膽的超現實主義繪畫一樣**。

——《發條鳥年代記》第二部 第十四章

就像以「孤獨」為題，**愛德華．霍柏**（Edward Hopper）**可能會畫在畫裡的那種光景**。

——《黑夜之後》第七章

CHAPTER 02

村上春樹的文學造詣

或者，關於用砂糖子彈
貫穿讀者心靈的十四種方法

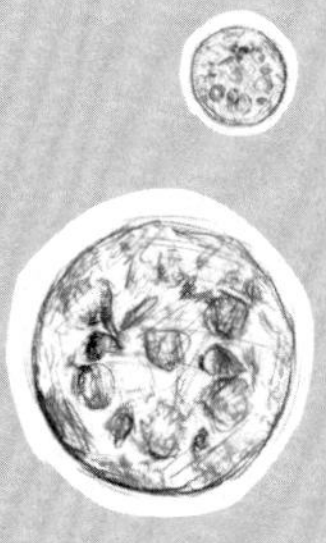

34

向《聽風的歌》學習「融會貫通」

「所謂完美的文章並不存在，就像完美的絕望不存在一樣。」

這是村上春樹一九七九年發表的出道紀念作《聽風的歌》的開場白。《聽風的歌》描述「我」在一九七〇年夏天回到故鄉的沿海城鎮，與好友「老鼠」在傑氏酒吧暢談整晚，並與四指女孩逐漸深入交往了十八天。這部文學作品充滿了普普藝術的特色，由許多文章片段與獨特台詞構成，開頭則顯然受到了中國文豪魯迅的散文集《野草》「絕望之為虛妄，正與希望相同」的影響。

其實這種混合新舊佳文的「融會貫通」手法，正是其魅力所在，就像知名DJ在俱樂部播放令人陷入瘋狂的唱片，使聽眾手舞足蹈一樣，村上也是從外國文學、古典文學及名作中發掘優美的文字，再打散混合令讀者為之起舞。

這部作品最大的特色在於章節很短，因為村上二十多歲時還在經營爵士酒吧，他都是等關店後，花一個多小時在廚房餐桌上一邊暢飲啤酒，一邊創作。

《聽風的歌》獲得群像新人文學獎時，遭人批評「這種膚淺的小說才不是文學」，獲得芥川賞提名時也被評為「像外國翻譯小說的狂熱讀者所寫出來的流行洋氣作品」，因此沒有獲獎。不過，正因為「融合」了獨特的翻譯文體，才能讓文字如同西洋流行樂般刺激大腦，這也是村上春樹所展現的戲法。

35

向《一九七三年的彈珠玩具》學習「幻想」

《一九七三年的彈珠玩具》是一部終極的幻想文學。「我」在一個晴朗的星期天早上醒來後，突然發現有一對雙胞胎女孩睡在「我」的兩側……

這對雙胞胎充滿了謎團，她們沒有名字，卻穿著印有「208」跟「209」號碼的長袖運動衫。她們既沒有報上名號，也沒有說明自己從何而來，就開始與「我」展開同居生活。

文中雖然沒有直接描寫，但這對雙胞胎似乎與「我」有性關係。有一對美麗的雙胞胎女孩依偎在自己身旁、一起共枕而眠，這箇直是男人心目中最美妙的的幻想。

《一九七三年的彈珠玩具》是一篇懷舊故事，主角「我」與朋友合開了一家翻譯社，找尋著過去沉迷的彈珠玩具機器——三把式「太空船」。文章裡穿插了類似回憶的片段，每段話都充滿暗示。

文中把「我」莫名其妙又雜亂無章的生活描寫成解不開的謎題，比方說他們有一天到水庫居然是為了替「連接人與人的裝置」——配電盤舉行葬禮。

「幻想」有時也能變成療癒心靈創傷的良藥。

我認為，正因為故事滿足了所有難以置信的幻想，讀者才會臣服於其「魅力」之中，直至無法自拔的程度。

36

向《尋羊冒險記》學習「國際化」

《尋羊冒險記》是村上成為專職作家後的第一本小說。他把爵士酒吧「彼得貓」轉讓給朋友，前往北海道取材創作了本書。這也是第一本在英語圈出版的村上作品，因此算是公認的「村上春樹處女作」。即便翻譯成英文，魅力依然不減，這種「放諸國際皆準」的特色，正是村上春樹成功的祕密。

二十九歲的「我」跟妻子離婚後，與耳朵異於常人的女友一起去北海道尋找「羊」。「我」跟朋友合開了一間廣告公司，某天講話頗有份量的右翼祕書指出廣告中的羊群照片有問題，並莫名對「我」施壓，然而那張羊群照是卻朋友「老鼠」寄給「我」的……。

這種像公路電影般前去追尋什麼的風格，授權海外翻譯後先是在亞洲大受歡迎，後來又於俄羅斯快速掀起風潮。

將《尋羊冒險記》翻成俄文的人是在日本擔任口譯的 Dmitry Kovalenin，他未經許可便擅自翻成俄文，公開在網路上，直到引發廣大迴響後才在俄羅斯正式出版。於新潟擔任口譯的他，最初閱讀《尋羊冒險記》時便覺得是自己的故事，主角「我」彷彿就是自己，而且直覺俄羅斯讀者也會接受。

這一點非常重要。世界上每個人讀了村上的作品，都會覺得那是在講「自己的故事」。或許是因為村上習慣以英文思路寫作，所以產生了一股獨特的國際化魅力，結果不論翻成中文或俄文，都能喚起讀者共鳴。

37

向《世界末日與冷酷異境》學習「致敬」

《世界末日與冷酷異境》是一部穿插奇幻與科幻的長篇大作，甚至號稱村上最棒的傑作。

這是一部向路易斯・卡洛爾的《愛麗絲夢遊仙境》致敬的作品，故事內容充滿了諷刺、荒謬、夢境、幻覺、揶揄、遊戲、猜謎等要素，簡直就是東京版的愛麗絲，當然原作的內容也在本書中稍微出場。

據說作者路易斯・卡洛爾因為患有偏頭痛，看東西會忽大忽小，才創作了《愛麗絲夢遊仙境》。而村上深受這部作品影響，甚至狂熱到將其中一個登場角色——

柴郡貓印在自家爵士酒吧的火柴盒上。

就像《愛麗絲夢遊仙境》的原書名《愛麗絲地底之旅》一樣，《世界末日與冷酷異境》也花了不少篇幅描寫在東京地底的冒險。

故事一開頭就出現了電梯，主角搭上令人不安的電梯朝地底邁進，換言之就是進入了深層的潛意識。電梯停留的地方是個普通房間，要穿過衣櫃才會踏入黑暗的世界。

這個穿過衣櫥到另一個世界的場景也與《納尼亞傳奇》十分相似，說不定也是在向這部奇幻大作致敬呢。

38

向《挪威的森林》學習「引用」

《挪威的森林》是一部引用技巧非常高超的作品，信手拈來都皆是名句。

故事從三十七歲的「我」搭乘班機抵達德國機場開始。飛機上的揚聲器輕聲播出披頭四〈挪威的森林〉作為背景音樂，令「我」思緒混亂。村上則直接引用了這首曲子，當作書名。

其實這部小說在發表之前，標題是《雨中庭》，而非現在的《挪威的森林》。《雨中庭》取自作曲家德布西的鋼琴曲〈雨中庭園〉，而原曲則改編自法國童謠〈我們再也不去森林裡了〉，可見光是標題就暗藏了不少玄機。

另外，文中還出現了一句經典台詞：

「死不是生的對極，而是潛存在我們的生之中」。

更別說直子所入住的阿美寮，也令人不住聯想到湯瑪斯·曼（Thomas Mann）以療養院為舞台所創作的長篇小說《魔山》。

另外，《魔山》還有這樣一句話：

「死亡的冒險潛存於生之中，少了冒險，生就失去了意義，而身為神子的人類就活在那之中」。

你說，村上是不是引用名著再加以改編的天才？

39

向《舞・舞・舞》學習「放下」

「跳舞吧。只要音樂還繼續響著」。

這是《舞・舞・舞》中，羊男說：「跳舞啊。繼續跳舞啊」的經典場景。如此短短一句話到底想傳達什麼呢？答案是要讀者學會「放下」。放下才能展開新人生，羊男就像在呼籲生活在當代的人，要有放下的勇氣。

主角「我」是一名從事「文化剷雪」（編按：自嘲是為了餬口，而非出於興趣而寫作）的自由作家，為了尋找耳朵模特兒兼高級應召女郎的女友奇奇而前往北海道，故事由此展開。

老舊的「海豚飯店」早已改建成二十六層樓的大型旅館「新海豚飯店」。主角在飯店房內與羊男重逢，看了電影。不料，卻在電影中看見同班同學五反田君飾演一名生物老師，而於床戲場景中入鏡的女人，碰巧就是主角在尋找的奇奇。

「不可以想為什麼要跳什麼舞。不可以去想什麼意義。什麼意義是本來就沒有的」所謂的跳舞就是指「活下去」吧。羊男猶如在你耳邊不停細語、反覆提醒：放下對社會的期待、放下對他人的執著、放下對結果的控制，神不會責備放下的人，懂得放下才會幸福。

村上的作品經常像這樣描寫人的無能為力。偶爾脫離世俗，把自己當成旁觀者「放下」，也是村上文學膾炙人口的魅力之一。

40

向《國境之南、太陽之西》學習「安插線索」

《國境之南、太陽之西》是村上以半自傳形式描寫自己「失去」的故事。主角家庭幸福美滿，與太太和可愛的女兒一同生活，並且在岳父協助下經營爵士酒吧等餐廳。

某天，過著幸福安穩生活的三十七歲的「我」，愛上了兒時玩伴島本。島本是「我」在國小五年級時認識的轉學生，因為罹患過小兒麻痺而有些跛腳。

工作忙碌充實的「我」，受到神祕的島本深深吸引。島本結婚了嗎？在哪裡從事什麼工作？為什麼突然出現，又消失無蹤？她在想什麼？故事就在重重迷霧下戛然而止。

這部小說安插了一些關於「失去」的線索。故事中有一張叫做《國境之南》的納金高（Nat King Cole）唱片，但實際上並沒有這首曲子，納金高也從未演唱過《國境之南》。

不止現實中沒有這張唱片，故事中連唱片也消失了。或許村上是企圖透過唱片，暗示島本是主角幻想出來的情人，世上根本沒有這號人物。

由此可見，村上很享受在故事中暗藏唯有眼尖讀者才能發現的寶箱鑰匙。

41

向《發條鳥年代記》學習「多重結構」

《發條鳥年代記》是許多人心目中村上文學的顛峰。

這部小說情節複雜，具有多重結構，因此享譽盛名。故事裡談及了不少主題，對於「暴力與罪惡根源的對決」著墨最多。因為是「年代記」，所以故事篇幅極長，分為三部曲。書中充滿各種神祕奇妙的角色，讀者若不邊讀邊自行想像，往往會覺得莫名其妙、看不懂、不曉得在寫什麼而跟不上故事節奏。然而，如此複雜的「多重結構」，正是《發條鳥年代記》最吸引人之處。

故事以歌劇和料理為開端。

「我」在廚房煮義大利麵時，電話鈴聲響起，當時「我」正隨著FM電台播放的羅西尼〈鵲賊〉序曲吹著口哨。這段話彷彿暗示了接下來發生的一切。

附近樹叢傳來捲發條似的嘰哩嘰哩規律鳥叫聲。「我」與「妻子」將牠稱為「發條鳥」，牠一直默默地捲著世界的發條。

就像超現實主義的畫作一樣，《發條鳥年代記》將各種要素摻在一塊，教人匪夷所思。但讀者還是能夠隱約猜出些什麼，讀得津津有味。這與繪畫技巧「置換法」（dépaysement）有異曲同工之妙，達利、基里訶等超現實主義畫家都經常使用這種手法，亦即將某個主題從脈絡中切割出來，轉移到其他地方，讓畫面產生不協調感。

村上同樣喜歡將乍看風馬牛不相干的字眼，統統扔進象徵「集體潛意識」中的「井」裡，營造出多重世界觀。

42

向《人造衛星情人》學習「對話」

「你還好嗎？」

「很好啊。像初春的莫爾道河一樣。」

「莫爾道河」是捷克的河川，源頭位於高山，只要天氣一暖和，雪水就會湧入而氾濫。這句話大概是在比喻愛情像河水氾濫一樣來勢洶洶吧。《人造衛星情人》的對話總是如此令人眼前一亮。

故事描述文藝青年的主角「我」，與文藝少女小堇，以及大他們一輪的女子妙妙之間的三角關係。

我與小堇都未能與心上人兩

情相悅，書中非常細膩地描寫了如人造衛星「史普尼克」般不停擦肩而過的愛情。

「你每次都一面想像夏天午後冰箱裡的小黃瓜一面跟女人做愛對嗎？」「沒有每次。」「不過偶爾會。」「偶爾。」我承認。「如果說那不是性慾的話，那麼我血管裡流的就是番茄汁了。」我說。

如此令人臉紅心跳的對話，還真是前所未聞。

「你這個人有時候會變得非常溫柔噢。好像聖誕節和暑假和剛出生的小狗全湊到了一起似了。」

「沒有妳的生活就像沒有〈Mack the knife〉的《Best of Bobby Darin》一樣。」

《人造衛星情人》就某種意義上而言，相當於純情文藝青年與文藝少女的一場美夢。閱讀時就盡情沉浸在村上精心安排的「對話」中吧。

43

向《海邊的卡夫卡》學習「塑造角色」

《海邊的卡夫卡》是村上的第十部長篇小說，這部備受全世界喜愛、值得紀念的長篇奇幻小說甚至被改編成舞台劇。

而這部作品的角色塑造也格外鮮明。

主角田村卡夫卡十五歲，小時候父母離婚，母親帶著姊姊一去不回，從此埋下陰影。某天，他決定離家出走，像踏上巡禮之旅一樣搭上夜行巴士，前往高松。

故事裡有一名「叫做烏鴉的少年」，他是卡夫卡想像出來的好友。卡夫卡因為孤獨、沒有朋友，便在腦海中創造了這位朋友，與他說話。他也把從家裡帶來的折疊刀擬人化，喚做「烏鴉」。

另外，還有一名住在中野區野方，叫做中田的神祕老人，他不識字，卻擁有和貓咪溝通的神奇能力。

光是這幾個角色，設定就十分搶眼，此外還有許多神祕角色陸續登場。像是卡夫卡的父親「Johnnie Walker」，他為了獲得藝術天分，將自己的靈魂賣給「惡魔」，屠殺附近的貓。其他角色還有中日龍隊球迷「星野青年」、裝扮成肯德基爺爺「桑德斯上校」等神祕人物。

這些誇張鮮明的角色彷彿從電影、動畫裡走出來一樣，緊緊抓住讀者的心。村上總是像這樣細心刻化魅力四射的角色，編織出一個又一個故事。

44

向《黑夜之後》學習「勇於實驗」

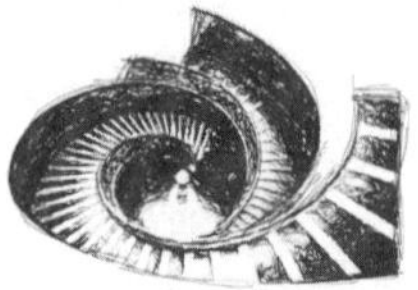

《黑夜之後》是一部「實驗性質」作品，內容輕描淡寫交代了（據說是）澀谷某個夜晚發生的故事。這些離奇的故事發生在夜晚到黎明之間，時間則限定在晚上十一點五十六分至早上六點五十二分，以類似檔案形式記錄下人來人往的情況。

故事從一名叫瑪麗的神祕少女和名為高橋的青年相遇開始。這次並不是以「我」的第一人稱書寫，而是用不帶任何情緒與思維的上帝視角，透過「虛擬監視器」觀察每個人。

這部作品同樣充滿了晦澀難

解的村上式語言，但也因為這種實驗性的手法，才使得家庭餐廳「Denny's」及情趣旅館「阿爾發城」的橋段更加逼真。

村上透過《黑夜之後》這部作品，「實驗性」地描寫了人們在社會約束下的潛意識世界。

裡頭有這麼一句台詞：

「我們的人生，並不能單純地劃分成明亮或黑暗。在那之間有所謂陰影的中間地帶。能夠認識那陰影的層次，並去理解它，才是健全的知性」。

或許村上是想透過描寫社會陰暗面，來傳達「破曉前的夜最深」一事吧。

45

向《1Q84》學習「娛樂性」

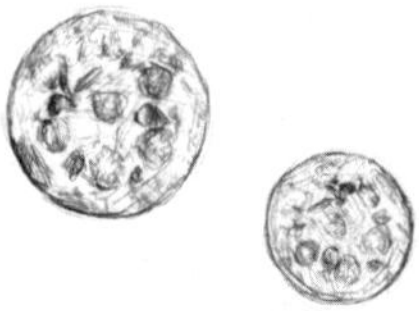

《1Q84》是一部以喬治・歐威爾（George Orwell）的經典名著《一九八四》為基礎寫成的「近過去小說」，發售僅兩週便創下熱賣近一百萬冊的空前紀錄。

內容描述青豆與天吾彼此吸引而譜出戀曲，兩人小學時雖然只握過一次手，長大後卻忘不了彼此，終於在二十年後重逢。光是這些情節，就充滿了娛樂性。

兩位主角以高速公路旁的太平梯為入口，隨著楊納傑克（Leoš Janáček）的音樂，進入了另一個一九八四年「1Q84年」。青豆在廣尾的高級健身房擔任健身教練，暗地裡則是一名殺手，負責暗殺虐待婦女的家暴男。

黃金比例的完美身材、鵝蛋臉，配上墨綠色太陽眼鏡。如此美艷的女殺手，很難不令人聯想到盧貝松（Luc Besson）執導的電影《霹靂煞》。

書裡出現的小說《空氣蛹》，由十七歲少女深田繪里子所作。她自小與父母在山梨縣宗教「先驅派」生活，長相十分貌美、患有閱讀障礙，卻能將長篇故事和外文歌一字不漏記下來。

村上熱愛電影，深知娛樂性能夠打動人心。為了將閱讀樂趣最大化，而藉著撰寫《1Q84》展開前所未有的挑戰。而且竭盡全力以「娛樂性」手法，淺顯易懂地傳達深奧複雜的內容。

46

向《沒有色彩的多崎作和他的巡禮之年》學習「造型」

這是一部融合佛教五色，如同「巡禮」般的作品。村上的父親從國語教師一職退休後兼任僧侶，想必村上也跟著耳濡目染故而對佛教相當熟悉。在小說中，登場人物的名字都帶有色彩，而這些色彩就宛如造型一樣，具有「表演效果」。

主角多崎作的朋友名字都有顏色，例如紅仔、藍仔、黑妞、白妞、灰田、綠川，唯有被絕交的作是「沒有色彩的人」。

幾名死黨中，男的叫紅仔、藍仔，女的叫黑妞、白妞，彷彿彩色與黑白的對比。另外，作的女友名叫「沙羅」，也暗示著「沙羅雙樹」的花色。

這種結構就跟《祕密戰隊五連者》等戰隊特攝片一樣，每位英雄們擁有自己象徵性的「色彩」。此外，文中運用的色彩對比手法，也與黑澤明的電影《亂》透過紅、黑強調戰爭場面有異曲同工之妙。

動畫、電影自有一套關於顏色的不成文規定。壞人是「黑、紫」，善良純潔的人是「白」；受歡迎的角色則是「紅、黃、藍」。阿拉丁、小木偶、艾莉兒、尼莫等迪士尼角色也都有明確的色彩設定。

《沒有色彩的多崎作和他的巡禮之年》就像一本「閱讀心理測驗」，讓讀者像玩遊戲一樣一面解讀顏色的含意，一面享受故事。

47

向《刺殺騎士團長》學習「改編」

《刺殺騎士團長》是村上春樹集大成的經典作品，書中處處充滿了「這就是村上春樹」的字句與情節。

主角三十六歲，是一名繪製肖像畫的畫家。某天，妻子柚子突然坦承與其他男人外遇，提出離婚。

遍體鱗傷的「我」，駕駛著 **Peugeot 205** 展開了一場東北流浪之旅。最北到北海道，這趟旅行一走就是數個月。

從旅途歸來後，無處可去的「我」，在大學同窗雨田政彥幫忙下，承租了他家的別墅。雨田不但是個有錢人，父親還是知名日本畫家。

某天，有個男人帶著豐厚的酬勞委託「我」為他「繪製肖像畫」，此人名叫免色涉，而且還是個富翁。後來，「我」從閣樓發現一幅描繪歌劇《唐・喬凡尼》其中一幕場景的畫作《刺殺騎士團長》。

讀到這裡會發現，這部小說充滿了過去村上作品中出現過的所有要素，彷彿一張由歌手重新詮釋自我經典曲目的唱片。換言之，作者把自身作品當成題材，向自己致敬。

嚴格說來，這其實是村上採取的一種精湛策略。畢竟在寫作這條路上，作家勢必得自我否定才能重生。

讓自己超越自己，脫胎換骨……或許《刺殺騎士團長》就是為了舉行這個儀式而誕生的作品吧。

後記

或者，變成起司蛋糕形狀的我的人生

拜村上春樹所賜，我的人生有了一百八十度的大轉變。

不擅長寫作的我，竟然完全被文學徹底俘虜，甚至覺得或許自己也能寫出像樣的文章。

《國境之南、太陽之西》中主角「我」握著BMW的方向盤，聽著舒伯特的曲子在青山通等紅綠燈時，忽然覺得「這好像並不是我的人生啊」。這一幕看得我點頭如搗蒜，畢竟人生會發生什麼事，還真難預料。

希望大家也別害怕寫作，先寫點東西試試。一開始可以先模仿春樹風，寫著寫著，再慢慢融入自己的風格就好。

世上有很多作家是大器晚成的。

夏目漱石四十歲才真正開始以寫作維生；松本清張做過印刷工人、設計過廣告圖案，四十二歲才出道當作家；歌德二十六歲開始寫《浮士德》，竟然到八十二歲才寫完；黑田夏子七十五歲以《ab珊瑚》獲得芥川獎；加拿大作家艾莉絲．孟若（Alice Munro）大學輟學後在圖書館打工，一邊開書店一邊拾筆寫作，三十七歲出版第一本短篇小說集，八十二歲獲得諾貝爾獎。

但願讀完這本書，能有愈來愈多人發現寫作的樂趣。最後我要謝謝本書的編輯築摩書房的大山悅子小姐，衷心感謝妳。

中村邦夫

村上春樹作品一覽

＊繁體中文版均由時報文化出版，故此處出版社及出版年份皆以日本初版資訊為準。

◆長篇小說

- 《聽風的歌》（風の歌を聴け）一九七九年、講談社
- 《1973年的彈珠玩具》（1973年のピンボール）一九八〇年、講談社
- 《尋羊冒險記》（羊をめぐる冒険）一九八二年、講談社
- 《世界末日與冷酷異境》（世界の終りとハードボイルド・ワンダーランド）一九八五年、新潮社
- 《挪威的森林》（ノルウェイの森）上下、一九八七年、講談社
- 《舞・舞・舞》（ダンス・ダンス・ダンス）上下、一九八八年、講談社
- 《國境之南、太陽之西》（国境の南、太陽の西）一九九二年、

講談社

・《發條鳥年代記》（ねじまき鳥クロニクル）第1部・第2部、一九九四年／第3部、一九九五年、新潮社

・《人造衛星情人》（スプートニクの恋人）一九九九年、講談社

・《海邊的卡夫卡》（海辺のカフカ）上下、二〇〇二年、新潮社

・《黑夜之後》（アフターダーク）二〇〇四年、講談社

・《1Q84》（1Q84）、BOOK1・2、二〇〇九年／BOOK3、二〇一〇年、新潮社

・《沒有色彩的多崎作和他的巡禮之年》（色彩を持たない多崎つくると、彼の巡礼の年）二〇一三年、文藝春秋

・《刺殺騎士團長》（騎士団長殺し）第1部、第2部、二〇一七年、新潮社

◆短篇小說集

・《夢中見》（夢で会いましょう）（與糸井重里合著）一九八一年、

冬樹社

・《開往中國的慢船》（中国行きのスロウ・ボート）一九八三年、中央公論社

・《遇見一〇〇%的女孩》（カンガルー日和）一九八三年、平凡社

・《象工場的HAPPY END》（象工場のハッピーエンド）一九八三年、CBS・SONY出版（繪／安西水丸）

・《螢火蟲》（蛍・納屋を焼く・その他の短編）一九八四年、新潮社

・《迴轉木馬的終端》（回転木馬のデッド・ヒート）一九八五年、講談社

・《麵包店再襲擊》（パン屋再襲撃）一九八六年、文藝春秋

・《電視人》（TVピープル）一九九〇年、文藝春秋

・《夜之蜘蛛猴》（夜のくもざる）一九九五年、平凡社（畫／安西水丸）

・《萊辛頓的幽靈》（レキシントンの幽霊）一九九六年、文藝春秋
・《神的孩子都在跳舞》（神の子どもたちはみな踊る）、二〇〇〇年、新潮社
・《象的消失》（象の消滅 短篇選集 1980-1991）二〇〇五年、新潮社
・《東京奇譚集》（東京奇譚集）二〇〇五年、新潮社
・《盲柳，與睡覺的女人》（めくらやなぎと、眠る女）二〇〇九年、新潮社
・《精選戀愛故事10篇》（恋しくて Ten Selected Love Stories）二〇一三年、中央公論新社
・《沒有女人的男人們》（女のいない男たち）二〇一四年、文藝春秋

◆散文集

・《村上朝日堂》（村上朝日堂）一九八四年、若林出版（繪／安

西水丸）

- 《海浪的畫，海浪的故事》（波の絵、波の話）一九八四年、文藝春秋（攝影／稻越功一）

- 《關於電影的冒險》（映画をめぐる冒険）（與川本三郎合著）一九八五年、講談社

- 《村上朝日堂反擊》（村上朝日堂の逆襲）一九八六年、朝日新聞社（繪／安西水丸）

- 《蘭格漢斯島的午後》（ランゲルハンス島の午後）一九八六年、光文社（繪／安西水丸）

- 《THE SCRAP 懷念的 1980 年代》（THE SCRAP 懐かしの一九八〇年代）一九八七年、文藝春秋

- 《日出國的工場》（日出る国の工場）一九八七年、平凡社（繪／安西水丸）

- 《The Scott Fitzgerald Book》（ザ・スコット・フィッツジェラルド・ブック）一九八八年、TBS-BRITANNICA

- 《村上朝日堂嗨嗬！》（村上朝日堂はいほー！）一九八九年、文化出版局
- 《終於悲哀的外國語》（やがて哀しき外国語）一九九四年、講談社
- 《沒有用途的風景》（使いみちのない風景）一九九四年、朝日出版社（攝影／稻越功一）
- 《尋找漩渦貓的方法》（うずまき猫のみつけかた—村上朝日堂ジャーナル）一九九六年、新潮社
- 《村上朝日堂是如何鍛鍊的》（村上朝日堂はいかにして鍛えられたか）一九九七年、朝日新聞社（繪／安西水丸）
- 《爵士群像》（ポートレイト イン ジャズ）一九九七年、新潮社（繪／和田誠）
- 《爵士群像2》（ポートレイト イン ジャズ2）二〇〇一年、新潮社（繪／和田誠）
- 《村上收音機》（村上ラヂオ）二〇〇一年、Magazine House（繪

／大橋步）

- 《給我搖擺，其餘免談》（意味がなければスイングはない）二〇〇五年、文藝春秋
- 《關於跑步，我說的其實是……》（走ることについて語るときに僕の語ること）二〇〇七年、文藝春秋
- 《村上Songs》（村上ソングズ）二〇〇七年、中央公論新社（繪／和田誠）
- 《村上收音機2：大蕪菁、難挑的酪梨》（おおきなかぶ、むずかしいアボカド 村上ラヂオ2）二〇一一年、Magazine House（繪／大橋步）
- 《村上收音機3：喜歡吃沙拉的獅子》（サラダ好きのライオン 村上ラヂオ3）二〇一二年、Magazine House（繪／大橋步）
- 《身為職業小說家》（職業としての小説家）二〇一五年、SWITCH PUBLISHING
- 《村上春樹（大部分）翻譯全工作》（村上春樹 翻訳（ほとんど）

全仕事）二〇一七年、中央公論新社

◆CD-ROM 有聲書

- 《村上朝日堂 夢想的漫遊城》（村上朝日堂 夢のサーフシティー）一九九八年、朝日新聞社（繪／安西水丸）
- 《村上朝日堂 斯麥爾佳科夫對織田信長家臣團》（村上朝日堂 スメルジャコフ対織田信長家臣団）二〇〇一年、朝日新聞社（繪／安西水丸）

◆訪談集

- 《Walk, Don't Run》（ウォーク・ドント・ラン 村上龍 vs 村上春樹）一九八一年、講談社
- 《村上春樹去見河合隼雄》（村上春樹、河合隼雄に会いにいく）一九九六年、岩波書店
- 《翻譯夜話》（翻訳夜話）（與柴田元幸合著）二〇〇〇年、文

春新書

・《翻譯夜話2：沙林傑戰記》（翻訳夜話2 サリンジャー戦記）二〇〇三年、文春新書

・《為了作夢，我每天早上都要醒來》（夢を見るために毎朝僕は目覚めるのです）二〇一〇年、文藝春秋

・《和小澤征爾先生談音樂》（小澤征爾さんと、音楽について話をする）二〇一一年、新潮社

・《貓頭鷹在黃昏飛翔》（みみずくは黄昏に飛びたつ）（與川上未映子合著）二〇一七年、新潮社

・《聊聊真正的翻譯》（與柴田元幸合著）（本当の翻訳の話をしよう）二〇一九年、SWITCH PUBLISHING

◆遊記

・《遠方的鼓聲》（遠い太鼓）一九九〇年、講談社

・《雨天炎天》（雨天炎天）一九九〇年、新潮社（攝影／松村映三）

・《邊境・近境》（辺境・近境）一九九八年、新潮社
・《邊境・近境含攝影集》（辺境・近境 写真編）一九九八年、新潮社（攝影／松村映三）
・《如果我們的語言是威士忌》（もし僕らのことばがウィスキーであったなら）一九九九年、平凡社
・《雪梨！》（シドニー！）二〇〇一年、文藝春秋
・《東京魷魚俱樂部——地球爆裂的地方》（東京するめクラブ 地球のはぐれ方）（與吉本由美、都築響一合著）二〇〇四年、文藝春秋
・《你說，寮國到底有什麼？》（ラオスにいったい何があるというんですか？紀行文集）二〇一五年、文藝春秋

◆小說導讀

・《給年輕讀者的短篇小說導讀》（若い読者のための短編小説案内）一九九七年、文藝春秋

◆迴文集、歌牌

・《葛棗子沐浴之丸》（またたび浴びたタマ）二〇〇〇年、文藝春秋（繪／友沢ミミヨ）
・《村上歌留多——白兔美味的法國人》（村上かるた　うさぎおいしーフランス人）二〇〇七年、文藝春秋（繪／安西水丸）

◆圖文書

・《羊男的聖誕節》（羊男のクリスマス）一九八五年、講談社（圖佐々木マキ）
・《毛茸茸》（ふわふわ）一九九八年、講談社（繪／安西水丸）
・《不可思議的圖書館》二〇〇五年、講談社（ふしぎな図書館）（繪／佐々木マキ）
・《睡》（ねむり）二〇一〇年、新潮社（繪／Kat Menschik）
・《襲擊麵包店》（パン屋を襲う）二〇一三年、新潮社（繪／Kat Menschik）

・《圖書館奇譚》（図書館奇譚）二〇一四年、新潮社（繪／Kat Menschik）
・《生日女孩》（バースデイ・ガール）二〇一七年、新潮社（繪／Kat Menschik）

◆**自選文集**

・《村上春樹雜文集》（村上春樹 雑文集）二〇一一年、新潮社

◆**紀實文學**

・《地下鐵事件》（アンダーグラウンド）一九九七年、講談社
・《約束的場所：地下鐵事件II》（約束された場所で underground 2）一九九八年、文藝春秋

◆**全集、選集**

・《村上春樹全集 1979～1989》（村上春樹全作品 1979～1989）

全8冊、一九九〇～九一年、講談社
・《村上春樹全集 1990～2000》（村上春樹全作品 1990～2000）全7冊、二〇〇二～〇三年、講談社
・《初見的文學 村上春樹》（はじめての文学 村上春樹）二〇〇六年、文藝春秋

國家圖書館出版品預行編目 (CIP) 資料

寫出你的村上春樹 FU：用 47 個村上式造梗技巧，找出自己的寫作風格 / 中村邦夫著 . -- 初版 . -- 新北市：幸福文化出版社出版：遠足文化事業股份有限公司發行 , 2021.08
面； 公分
譯自：村上春樹にならう「おいしい文章」のための 47 のルール
ISBN 978-986-5536-76-3(平裝)

1. 寫作法

811.1 110008764

富能量 Rich 020

寫出你的村上春樹 FU：用 47 個村上式造梗技巧，找出自己的寫作風格

村上春樹にならう「おいしい文章」のための４７のルール

作　　者：中村邦夫
譯　　者：蘇暐婷
責任編輯：林麗文
特約編輯：高佩琳
封面設計：FE 設計
內頁排版：黃馨慧
印　　務：江域平、黃禮賢、林文義、李孟儒

總 編 輯：林麗文
副 總 編：梁淑玲、黃佳燕
行銷企劃：林彥伶、朱妍靜

社　　長：郭重興
發行人兼出版總監：曾大福
出　　版：幸福文化／遠足文化事業股份有限公司
地　　址：231 新北市新店區民權路 108-1 號 8 樓
粉 絲 團：https://www.facebook.com/happinessbookrep/
電　　話：（02）2218-1417　傳真：（02）2218-8057

發　　行：遠足文化事業股份有限公司
地　　址：231 新北市新店區民權路 108-2 號 9 樓
電　　話：（02）2218-1417　傳真：（02）2218-1142
電　　郵：service@bookrep.com.tw
郵撥帳號：19504465
客服電話：0800-221-029
網　　址：www.bookrep.com.tw

法律顧問：華洋法律事務所 蘇文生律師
印　　製：凱林彩印股份有限公司

初版一刷：西元 2021 年 8 月
定　　價：新台幣 360 元